D0834918

LA COLÈRE
DE MAIGRET

OUVRAGES DE GEORGES SIMENON

AUX PRESSES DE LA CITÉ

COLLECTION MAIGRET

ROMANS

SIMENON

LA COLÈRE
DE MAIGRET

roman

PRESSES DE LA CITÉ
PARIS

CHAPITRE

1

IL ETAIT MIDI ET quart quand Maigret franchit la voûte toujours fraîche, le portail flanqué de deux agents en uniforme qui se tenaient tout contre le mur pour jouir d'un peu d'ombre. Il les salua de la main, resta un moment immobile, indécis, à regarder vers la cour, puis vers la place Dauphine, puis vers la cour à nouveau.

Dans le couloir, là-haut, ensuite dans l'escalier poussiéreux, il s'était arrêté deux ou trois fois, faisant mine de rallumer sa pipe, avec l'espoir de voir surgir un de ses collègues ou de ses inspecteurs. Il était rare que l'escalier soit désert à cette heure mais cette année, le 12 juin, la P.J. avait déjà son atmosphère de vacances.

Certains, pour éviter la cohue de juillet et d'août, étaient partis dès le début du mois et d'autres se préparaient à l'exode annuel. Ce matin-là, brusquement, après un printemps pourri, la chaleur était venue et Maigret avait travaillé fenêtres ouvertes, en manches de chemise.

Sauf pour le rapport chez le directeur et pour une ou deux visites dans le bureau des inspecteurs, il était resté seul, à continuer une fastidieuse besogne administrative commencée depuis plusieurs jours. Des dossiers s'empilaient devant lui et de temps en temps, il levait la tête comme un écolier, tourné vers le feuillage immobile des arbres, écoutant le bruissement de Paris qui venait de prendre sa sonorité particulière des chaudes journées d'été.

Depuis deux semaines, il n'avait pas manqué un repas boulevard Richard-Lenoir et il n'avait pas été dérangé une seule fois au cours de la soirée ou de la nuit.

Normalement, il aurait dû tourner à gauche sur le quai, vers le pont Saint-Michel, pour prendre un autobus ou un taxi. La cour restait vide. Personne ne le rejoignait.

Alors, avec un léger haussement d'épaules, il tournait quand même à droite et gagnait la place Dauphine qu'il traversait en biais. L'envie lui était soudain venue, en sortant du bureau, d'aller à la Brasserie Dauphine et, en dépit des conseils de son ami Pardon, le médecin de la rue Picpus, chez qui il avait dîné avec Mme Maigret la semaine précédente, de s'offrir l'apéritif.

Il y avait plusieurs semaines qu'il était sage, se

contentant d'un verre de vin aux repas, parfois,
le soir, lorsqu'ils sortaient, d'un verre de bière
avec sa femme.

L'odeur du bistrot de la place Dauphine, le
goût anisé des apéritifs, qui se mariait si bien
avec l'atmosphère de ce jour-là, lui manquaient
tout à coup. Il avait espéré en vain rencontrer
quelqu'un qui l'aurait entraîné et il se sentait
mauvaise conscience en gravissant les trois
marches de la brasserie devant laquelle stationnait une auto rouge longue et basse qu'il avait
regardée curieusement.

Tant pis! Pardon lui avait recommandé de
ménager son foie, mais il ne lui avait pas interdit
de boire un apéritif, un seul, après des semaines
d'abstinence presque totale.

Il retrouvait, près du zinc, des visages fami-
liers, une dizaine au moins d'hommes de la P.J.
qui n'avaient guère plus de travail que lui et qui
étaient sortis de bonne heure. Cela arrive de loin
en loin : un creux de quelques jours, le calme
plat, les affaires courantes, comme on dit, puis,
soudain, les drames qui éclatent à un rythme
accéléré, ne laissant à personne le temps de souf-
fler.

On le saluait de la main; on se serrait pour lui
faire place au comptoir et, désignant les verres
remplis de boisson opaline, il grommelait :

— La même chose...

Le patron était déjà là trente ans plus tôt,
quand le commissaire débutait quai des Orfèvres,

mais à cette époque c'était encore le fils de la
maison. Maintenant, il y avait un fils aussi,
pareil à lui jadis, en toque blanche dans la cuisine.

— Ça va, chef?

— Ça va.

L'odeur n'avait pas changé. Chaque petit res-
taurant de Paris a son odeur propre et ici, par
exemple, sur un arrière-fond d'apéritifs et
d'alcool, un connaisseur aurait discerné le fumet
un peu aigu des petits vins de la Loire. Quant à
la cuisine, l'estragon et la ciboulette domi-
naient.

Maigret lisait machinalement le menu sur
l'ardoise : petits merlans de Bretagne et foie de
veau en papillottes. Au même moment, dans la
salle à manger aux nappes de papier, il apercevait
Lucas qui semblait s'y être réfugié, non pour
déjeuner, mais pour bavarder en paix avec un
inconnu, car il n'y avait encore personne à
table.

Lucas, de son côté, le voyait, hésitait, se levait
et venait à lui.

— Vous avez un moment, patron? Je crois que
cela pourrait vous intéresser...

Le commissaire le suivait, son verre à la main.
L'inconnu se levait. Lucas présentait :

— Antonio Farano... Vous le connaissez?...

Le nom ne disait rien au commissaire, mais il
lui semblait avoir déjà vu ce visage de bel Italien
qui aurait pu jouer les jeunes premiers au ci-

néma. L'auto de sport rouge, devant la porte, lui
appartenait sans doute. Elle s'harmonisait avec
son allure, avec ses vêtements clairs trop bien
coupés, avec la lourde chevalière qu'il portait au
doigt.

Lucas continuait, tandis que les trois hommes
s'asseyaient :

— Il s'est présenté au Quai pour me voir alors
que je venais de sortir. Lapointe lui a dit qu'il me
trouverait peut-être ici...

Maigret remarqua que, si Lucas buvait le
même apéritif que lui, Farano se contentait d'un
jus de fruits.

— C'est le beau-frère d'Emile Boulay... Il
gère l'un de ses cabarets, le Paris-Strip, rue de
Berri...

Lucas adressait un discret clin d'œil à son
patron.

— Répétez ce que vous venez de me dire,
Farano...

— Eh bien! mon beau-frère a disparu...

Il avait gardé l'accent de son pays.

— Quand? questionnait Lucas.

— La nuit dernière, probablement... On ne
sait pas au juste...

Maigret l'impressionnait et, par contenance,
il tira un étui à cigarettes de sa poche.

— Vous permettez?

— Je vous en prie...

Lucas expliquait, pour le commissaire :

— Vous connaissez Boulay, patron. C'est ce

petit homme qui est arrivé du Havre il y a quatre
ou cinq ans...

— Sept ans, corrigea l'Italien.

— Sept ans, soit... Il a racheté une première
boîte de nuit rue Pigalle, le Lotus, et maintenant
il en possède quatre...

Maigret se demandait pourquoi Lucas avait
tenu à le mêler à cette affaire. Depuis qu'il dirigeait la brigade criminelle, il était rare qu'il
s'occupe de ce milieu-là, qu'il avait bien connu
jadis, mais qu'il avait quelque peu perdu de vue.
Il y avait au moins deux ans qu'il n'avait pas mis
les pieds dans un cabaret. Quant aux mauvais
garçons de Pigalle, il n'en connaissait plus que
quelques-uns, surtout parmi les anciens, car c'est
un petit monde qui change sans cesse.

— Je me demande, intervenait encore Lucas, si
cela n'a pas un rapport avec l'affaire
Mazotti...

Bon ! Il commençait à comprendre. Quand donc
Mazotti s'était-il fait descendre alors que, vers
trois heures du matin, il sortait d'un bar de la rue
Fontaine ? Il y avait près d'un mois de ça. Cela se
passait vers la mi-mai. Maigret se souvenait d'un
rapport de la police du IX° arrondissement, qu'il
avait passé à Lucas en disant :

— Sans doute un règlement de comptes... Fais
ce que tu pourras...

Mazotti n'était pas un Italien, comme Farano,
mais un Corse qui avait débuté sur la Côte

d'Azur avant de monter à Paris avec une petite
bande à lui.

— Mon beau-frère n'a pas tué Mazotti... prononçait Farano avec conviction. Vous savez bien,
monsieur Lucas, que ce n'est pas son genre...
D'ailleurs, vous l'avez questionné deux fois dans
votre bureau....

— Je ne l'ai jamais accusé d'avoir tué
Mazotti... Je l'ai interrogé comme j'ai interrogé
tous ceux à qui Mazotti s'en est pris... Cela fait
pas mal de monde...

Et, à Maigret :

— Je lui ai justement envoyé une convocation
pour aujourd'hui à onze heures et j'ai été surpris
de ne pas le voir...

— Il ne lui arrive jamais de découcher? questionnait candidement le commissaire.

— Jamais !... On voit que vous ne le connaissez
pas... Ce n'est pas son genre... Il aime ma sœur,
la vie de famille... Il ne rentrait jamais plus tard
que quatre heures du matin...

— Et, la nuit dernière, il n'est pas rentré?
C'est ça?

— C'est ça...

— Où étiez-vous?

— Au Paris-Strip... Nous n'avons pas fermé
avant cinq heures... Pour nous, c'est la pleine
saison, car Paris est déjà envahi par les touristes... Au moment où je faisais la caisse,
Marina m'a téléphoné pour me demander si
j'avais vu Emile... Marina, c'est ma sœur... Je

n'avais pas vu mon beau-frère de la soirée... Il descendait rarement aux Champs-Elysées...

— Où sont situées ses autres boîtes?

— Toutes à Montmartre, à quelques centaines de mètres l'une de l'autre... C'était son idée et elle a réussi... Avec des cabarets pour ainsi dire porte à porte, on peut faire passer les artistes de l'un à l'autre en cours de soirée et diminuer les frais généraux...

« Le Lotus est tout en haut de la rue Pigalle, le Train Bleu à deux pas, rue Victor-Massé, et le Saint-Trop' un peu plus bas, rue Notre-Dame-de-Lorette...

« Emile a hésité à ouvrir un cabaret dans un autre quartier et c'est le seul dont il ne s'occupait pour ainsi dire pas... Il m'en laissait la direction... »

— Votre sœur vous a donc téléphoné un peu après cinq heures?

— Oui. Elle a tellement l'habitude d'être réveillée par son mari...

— Qu'est-ce que vous avez fait?

— J'ai d'abord appelé le Lotus, où on m'a dit qu'il était sorti vers onze heures du soir... Il est passé aussi au Train Bleu, mais la caissière ne peut pas préciser l'heure... Quant au Saint-Trop', il était fermé quand j'ai essayé de l'avoir au bout du fil...

— A votre connaissance, votre beau-frère n'avait aucun rendez-vous la nuit dernière?

— Aucun... Je vous l'ai dit : c'était un homme

paisible, attaché à ses habitudes... Après avoir
dîné en famille...

— Quelle est son adresse?

— Rue Victor-Massé...

— Dans le même immeuble que le Train
Bleu?

— Non. Trois maisons plus loin... Après le
dîner, donc, il allait d'abord au Lotus surveiller
la mise en place... C'est la boîte la plus importante et il s'en occupait personnellement... Puis il
descendait au Saint-Trop', où il restait un bout de
temps, ensuite au Train Bleu, et il recommençait
la tournée... Il l'accomplissait deux ou trois fois
au cours de la nuit, car il avait l'œil à tout...

— Il était en smoking?

— Non... Il portait un complet sombre, bleu
de nuit, mais jamais de smoking... Il se souciait
assez peu d'élégance...

— Vous parlez de lui au passé...

— Parce qu'il lui est sûrement arrivé quelque
chose...

A plusieurs tables, on commençait à manger et
il arrivait à Maigret de loucher vers les assiettes
et vers les carafes de Pouilly. Bien que son verre
fût vide, il résistait à l'envie d'en commander un
second.

— Qu'avez-vous fait ensuite?

— Je suis allé me coucher, après avoir
demandé à ma sœur de m'appeler, s'il y avait du
nouveau.

— Elle vous a rappelé?

— Vers huit heures...

— Où habitez-vous?

— Rue de Ponthieu.

— Vous êtes marié?

— Oui. Avec une compatriote. J'ai passé la matinée à téléphoner aux employés des trois caba-rets... Je cherchais à savoir où et quand il avait été vu en dernier lieu... Ce n'est pas facile... Pendant une bonne partie de la nuit, les boîtes sont pleines à craquer et chacun ne s'occupe que de son travail... En outre, Emile n'était pas voyant... C'est un petit homme tout maigre que personne, parmi les clients, ne prenait pour le patron, et il lui arrivait de rester longtemps devant la porte en compagnie du pisteur...

Lucas faisait signe que tout cela était vrai.

— Il semble bien que nul ne l'ait aperçu après onze heures et demie du soir...

— Qui l'a vu le dernier?

— Je n'ai pas pu questionner tout le monde... Certains garçons, barmen ou musiciens n'ont pas le téléphone... Quant aux filles, j'ignore l'adresse de la plupart... Ce n'est que la nuit prochaine que je pourrai me renseigner sérieusement, quand chacun sera à son poste...

« Jusqu'à présent, le dernier à lui avoir parlé est le pisteur du Lotus, Louis Boubée, un bon-homme pas plus grand ni plus gras qu'un jockey plus connu à Montmartre sous le surnom de Mickey...

« Entre onze heures et onze heures et demie,

donc, Emile est sorti du Lotus et est resté debout un certain temps sur le trottoir près de Mickey qui se précipitait pour ouvrir la portière chaque fois qu'une voiture s'arrêtait... »

— Ils se sont parlé?

— Emile ne parlait pas beaucoup... Il paraît qu'il a regardé plusieurs fois sa montre avant de se diriger vers le bas de la rue... Mickey a cru qu'il se rendait au Saint-Trop'...

— Votre beau-frère avait une voiture?

— Non. Pas depuis l'accident...

— Quel accident?

— Il y a sept ans de cela... Il vivait encore au Havre, où il avait une petite boîte de nuit, le Monaco... Un jour qu'il se rendait à Rouen en auto avec sa femme...

— Il avait déjà épousé votre sœur?

— Je parle de sa première femme, une Française des environs du Havre, Marie Pirouet... Elle attendait un bébé... Ils allaient justement à Rouen pour consulter un spécialiste... Il pleuvait... Dans un virage, la voiture a fait une embardée et s'est écrasée contre un arbre... La femme d'Emile a été tuée sur le coup...

— Et lui?

— Il s'en est tiré avec une blessure à la joue dont il a gardé la cicatrice... A Montmartre, la plupart des gens se figurent que c'est la trace d'un coup de couteau...

— Il aimait sa femme?

La colère de Maigret **2**

— Beaucoup... Il la connaissait depuis son enfance...

— Il est né au Havre?

— Dans un village des environs, je ne sais pas lequel... Elle était du même village... Depuis qu'elle est morte, il n'a pas touché le volant d'une auto et il évitait autant que possible de monter dans une voiture... Ainsi, à Paris, il était rare qu'il prenne un taxi... Il marchait beaucoup et, quand il le fallait, il utilisait le métro... D'ailleurs, il ne quittait pas volontiers le IXe arrondissement...

— Vous croyez qu'on l'a fait disparaître?

— Je dis que, s'il ne lui était rien arrivé, il serait rentré chez lui depuis longtemps...

— Il vit seul avec votre sœur?

— Non. Ma mère habite chez eux, et aussi mon autre sœur, Ada, qui lui sert de secrétaire... Sans parler des deux enfants... Car Emile et Marina ont deux enfants, un garçon de trois ans, Lucien, et une petite fille de dix mois...

— Vous avez des soupçons?

Antonio secoua la tête.

— Votre impression est que la disparition de votre beau-frère est liée à l'affaire Mazotti?...

— Ce dont je suis certain, c'est qu'Emile n'a pas tué Mazotti...

Maigret se tourna vers Lucas, qui s'était occupé de l'enquête.

— Et toi?

— C'est ma conviction aussi, patron... Je l'ai

interrogé deux fois et il m'a eu l'air de répondre franchement... Comme dit Antonio, c'est un homme plutôt malingre, presque timide, qu'on ne s'attend pas à trouver à la tête de plusieurs établissements de nuit... D'un autre côté, en ce qui concerne Mazotti, il a su se défendre...

— Comment?

— Mazotti et sa bande avaient organisé un rackett qui n'a rien d'original mais qu'ils avaient perfectionné... Sous prétexte de protection, ils exigeaient, chaque semaine, des sommes plus ou moins importantes de chaque propriétaire de cabaret...

« La plupart, au début, refusaient... Alors se déroulait une petite comédie bien réglée... Au moment où la boîte était pleine, on voyait arriver Mazotti en compagnie d'un ou deux costauds... Ils s'installaient à une table s'il y en avait une de libre, au bar s'il n'y en avait pas, commandaient du champagne et, au milieu d'un numéro, déclenchaient la bagarre... On entendait d'abord des murmures, puis des éclats de voix... Le barman ou le maître d'hôtel était pris à partie, traité de voleur...

« Cela finissait par des verres brisés, par une bousculade plus ou moins générale et, bien entendu, la plupart des clients s'en allaient en se jurant de ne pas revenir...

« Les propriétaires, à la prochaine visite de Mazotti, préféraient payer... »

— Emile n'a pas payé?

— Non. Il ne s'est pas non plus adressé à des gorilles du milieu, comme certains de ses confrères à qui cela n'a pas réussi, car Mazotti finissait par les acheter... Son idée a été de faire venir du Havre quelques dockers qui se sont chargés de mettre Mazotti et ses hommes au pas...

— De quand date la dernière bagarre?

— Du soir même de la mort de Mazotti... Il était allé au Lotus, vers une heure du matin, avec deux de ses compagnons habituels... Les dockers d'Emile Boulay les ont vidés... Il y a eu des horions échangés...

— Emile était présent?

— Il était réfugié derrière le bar, car il a horreur des coups... Mazotti, donc, est allé se réconforter dans un bar de la rue Fontaine, chez Jo, qui était un peu son quartier général. Ils étaient quatre ou cinq à boire au fond de la salle... Quand ils sont sortis, à trois heures du matin, une voiture est passée et Mazotti a été abattu de cinq balles tandis qu'un de ses compagnons en recevait une dans l'épaule... On n'a pas retrouvé la voiture... Personne n'a parlé... J'ai interrogé la plupart des tenanciers de boîtes de nuit... Je continue l'enquête...

— Où était Boulay au moment de la fusillade?

— Vous savez, patron, dans ce milieu-là, ce n'est pas facile à établir... Il semble qu'il se soit trouvé au Train Bleu, mais je ne me fie pas trop aux témoignages...

— Emile n'a pas descendu Mazotti... répéta l'Italien.

— Il portait une arme?

— Un automatique, oui... Il avait un permis délivré par la Préfecture... Ce n'est pas avec cette arme-là que Mazotti a été tué...

Maigret soupira, fit signe à la serveuse de remplir les verres, car il y avait assez longtemps qu'il en brûlait d'envie.

Lucas expliquait :

— Je préférais vous mettre au courant, patron, et j'ai cru que cela vous intéresserait d'entendre Antonio...

— Je n'ai dit que la vérité...

Lucas poursuivait :

— J'ai convoqué Emile pour ce matin au Quai... J'avoue que cela me trouble qu'il ait justement disparu la nuit dernière...

— Que voulais-tu lui demander?

— De la routine... J'allais lui poser une dernière fois les mêmes questions, pour comparer avec ses premières réponses et avec les autres dépositions...

— Les deux fois que tu l'as eu dans ton bureau, il avait l'air effrayé?

— Non. Plutôt ennuyé... Il tenait par-dessus tout à ne pas voir son nom dans les journaux... Il répétait que cela ferait un tort énorme à ses affaires, que ses cabarets étaient tranquilles, qu'il ne s'y passait jamais rien et que, si on parlait de lui à propos d'un règlement de comptes, il ne s'en relèverait pas...

— C'est vrai... approuvait Antonio en faisant mine de se lever.

Il ajoutait :

— Vous n'avez plus besoin de moi?... Je dois aller rejoindre mes sœurs et ma mère qui sont dans tous leurs états....

Quelques instants plus tard, on entendait le vrombissement de l'auto rouge qui s'élançait vers le Pont Neuf. Maigret buvait lentement une gorgée d'apéritif, jetait un coup d'œil en coin à Lucas, soupirait :

— On t'attend quelque part?

— Non... Je comptais...

— Manger ici?

Et, comme il acquiesçait, Maigret décidait :

— Dans ce cas, on va manger tous les deux... Je passe un coup de téléphone à ma femme... Tu peux commander...

— Vous prendrez des maquereaux?

— Et du foie de veau en papillottes...

C'était surtout le foie de veau qui le tentait, et l'atmosphère de la brasserie où il n'avait pas mis les pieds depuis des semaines.

L'affaire n'était pas tellement importante et, jusqu'à présent, Lucas s'en était occupé seul. Personne, sauf dans le milieu, ne se préoccupait de la mort de Mazotti. Chacun sait que ces règlements de comptes finissent toujours par trouver leur solution, fût-ce par un autre règlement de comptes.

L'avantage, dans ces affaires-là, c'est que le Parquet et les juges d'instruction ne sont pas sans cesse à talonner la police. Comme disait un magistrat :

— Cela en fait un de moins à entretenir pendant des années en prison...

Les deux hommes déjeunèrent en bavardant. Maigret en apprit un peu plus sur le compte d'Emile Boulay et finit par s'intéresser à ce curieux petit homme.

Fils d'un pêcheur normand, Emile, dès l'âge de seize ans, s'était engagé comme chasseur à la Transat. C'était avant la guerre. Il naviguait à bord du *Normandie* et se trouvait à New York quand les hostilités avaient commencé en France.

Comment, petit et chétif, avait-il été accepté dans les « marines » américains? Il avait fait toute la guerre dans cette arme avant de reprendre du service, comme second maître d'hôtel, cette fois, à bord de l'*Ile-de-France*.

— Vous savez, patron, ils rêvent à peu près tous de s'installer un jour à leur compte et, après deux ans de mariage, Boulay a acheté au Havre un bar, qu'il n'a pas tardé à transformer en dancing... C'étaient les débuts du strip-tease et il paraît qu'il a amassé rapidement un assez sérieux magot...

« Quand l'accident s'est produit et que sa

femme est morte, il avait déjà l'intention
d'étendre son activité à Paris... »

— Il a conservé le cabaret du Havre?

— Il l'a mis en gérance... Un de ses anciens
camarades de *l'Ile-de-France* le dirige...

« A Paris, il a racheté le Lotus, qui ne marchait pas comme à présent... C'était une boîte de
second ordre, une trappe à touristes comme il en
pullule aux alentours de la place Pigalle... »

— Où a-t-il rencontré la sœur d'Antonio?

— Au Lotus... Elle travaillait au vestiaire...
Elle n'avait que dix-huit ans...

— Que faisait Antonio à l'époque?

— Ouvrier chez Renault, à la carrosserie... Il
était arrivé le premier en France... Puis il avait
fait venir sa mère et ses deux sœurs... Ils habitaient le quartier de Javel...

— En somme, Emile semble avoir plus ou
moins épousé toute la famille... Tu es allé chez
lui?

— Non... J'ai jeté un coup d'œil au Lotus et
dans ses autres boîtes, mais je n'ai pas cru nécessaire de me rendre à son appartement...

— Tu es persuadé qu'il n'a pas abattu
Mazotti?

— Pourquoi l'aurait-il fait?... Il était en train
de gagner la partie...

— Il aurait pu avoir peur...

— Personne, à Montmartre, ne pense qu'il a
fait le coup...

Ils prirent le café en silence et Maigret refusa

le calvados que le patron vint comme d'habitude
lui offrir. Il avait bu deux apéritifs, mais il
s'était contenté ensuite d'un seul verre de Pouilly
et, tandis qu'il se dirigeait vers la P.J. avec
Lucas, il était assez satisfait de lui.

Dans son bureau, il retira sa veste, donna du
jeu à sa cravate et s'attaqua aux dossiers administratifs. Il ne s'agissait ni plus ni moins que
d'une réorganisation de tous les services sur
laquelle on attendait son rapport et il s'y appli-
quait comme un bon élève.

Il lui arriva, au cours de l'après-midi, de penser à Emile Boulay, au petit empire montmar-
trois que l'ancien maître d'hôtel de la Transat
avait édifié, au jeune Italien à la voiture rouge, à
l'appartement de la rue Victor-Massé où les trois
femmes vivaient avec les enfants.

Pendant ce temps-là, Lucas devait téléphoner
aux hôpitaux, aux différents postes de police. Il
avait aussi lancé le signalement de Boulay mais,
à six heures et demie, les recherches n'avaient
donné aucun résultat.

La soirée fut presque aussi chaude que la journée et Maigret alla se promener avec sa femme,
passa près d'une heure à une terrasse de la place
de la République devant un seul verre de bière.

Ils avaient surtout parlé des vacances. Beaucoup de passants avaient leur veste sur le bras; la
plupart des femmes portaient des robes en coton
imprimé.

Le lendemain était un jeudi. Encore une jour-

née radieuse. Les rapports de la nuit ne faisaient
pas mention d'Emile Boulay, Lucas n'avait pas
de nouvelles.

Un orage, vers onze heures, violent mais bref,
après lequel de la vapeur sembla sortir des pavés.
Il rentra déjeuner chez lui, retrouva ensuite son
bureau et la pile de dossiers.

Au moment où il quittait le quai des Orfèvres,
on ne savait toujours rien sur le sort du petit
homme du Havre et Lucas avait en vain passé
l'après-midi à Montmartre.

— Il semble bien, patron, que ce soit Boubée,
celui qu'on surnomme Mickey et qui est depuis
des années pisteur au Lotus, qui l'ait vu le dernier... Il croit se souvenir qu'Emile a tourné le
coin de la rue Pigalle et de la rue Notre-Dame-de-
Lorette comme pour se rendre au Saint-Trop',
mais il n'y a pas attaché d'importance... Je
retournerai à Montmartre ce soir, quand chacun
sera à son poste...

Lucas ne devait rien apprendre de plus. A neuf
heures, le vendredi matin, Maigret achevait de
feuilleter les rapports journaliers quand il appela
Lucas dans son bureau.

— On l'a retrouvé, lui annonça-t-il en rallu-
mant sa pipe.

— Vivant?

— Mort.

— A Montmartre? Dans la Seine?

Maigret lui tendit un rapport du XX° arrondissement. On y signalait qu'un cadavre avait été trouvé, au lever du jour, rue des Rondeaux, en bordure du Père-Lachaise. Le corps était étendu en travers du trottoir, non loin du remblai du chemin de fer. Il était vêtu d'un complet bleu sombre et, dans le portefeuille, qui contenait une certaine somme d'argent, une carte d'identité portait le nom d'Emile Boulay.

Lucas, sourcils froncés, levait la tête.

— Je me demande... commençait-il.

— Continue de lire...

La suite, en effet, devait étonner davantage l'inspecteur. Le rapport précisait que le corps, transporté à l'Institut Médico-Légal, était dans un état de décomposition avancé.

Cette partie de la rue des Rondeaux, qui finissait en cul-de-sac, n'était certes pas fort passante. Néanmoins un cadavre n'aurait pu y rester sur le trottoir pendant deux jours, ni même pendant quelques heures, sans être découvert.

— Qu'en penses-tu?

— C'est curieux...

— Tu as lu jusqu'au bout?

— Pas les dernières lignes...

Emile Boulay avait disparu la nuit du mardi au mercredi. Il était vraisemblable, étant donné l'état du corps, qu'il avait été tué cette nuit-là.

Deux journées entières s'étaient écoulées, deux journées de forte chaleur.

Il était difficile d'imaginer la raison pour

laquelle le ou les assassins avaient gardé le corps
pendant tout ce temps.

— C'est encore plus étrange! s'exclama Lucas
en reposant le rapport sur le bureau.

Ce qui était le plus étrange, en effet, c'est que,
d'après les premières constatations, le crime
n'avait pas été commis à l'aide d'une arme à feu,
pas davantage à l'aide d'un couteau.

Autant qu'on en pouvait juger en attendant
l'autopsie, Emile Boulay avait été étranglé.

Or, ni Maigret, ni Lucas, malgré leurs nombreuses années de service dans la police, ne se
souvenaient d'un seul crime du milieu commis
par strangulation.

Chaque quartier de Paris, chaque classe
sociale, a pour ainsi dire sa façon de tuer comme,
aussi, son mode de suicide. Il existe des rues où
on se jette par la fenêtre, d'autres où l'on
s'asphyxie au charbon de bois ou au gaz, d'autres
encore où on absorbe des barbituriques.

On connaît les quartiers à coups de couteau,
ceux où l'on se sert d'une matraque et ceux,
comme Montmartre, où dominent les armes à
feu.

Non seulement le petit propriétaire de boîtes de
nuit avait été étranglé, mais, pendant deux jours
et trois nuits, l'assassin ne s'était pas débarrassé
du corps.

Maigret ouvrait déjà le placard pour y prendre
son veston et son chapeau.

— Allons-y! grommelait-il.

Il avait enfin une excuse pour abandonner son pensum administratif.

Par un beau matin de juin, que rafraîchissait une légère brise, les deux hommes se dirigèrent vers l'Institut Médico-Légal.

2

Les batiments roses de l'Institut Médico-Légal, quai de la Rapée, ressemblent davantage à un laboratoire de produits pharmaceutiques, par exemple, qu'à l'ancienne morgue, sous la grosse horloge du Palais de Justice.

Derrière un guichet, dans un bureau clair, Maigret et Lucas trouvaient un employé qui les reconnaissait tout de suite et leur disait avec un sourire empressé :

— C'est pour le type de la rue des Rondeaux, je suppose?

L'horloge électrique, au-dessus de sa tête, marquait dix heures cinq et, par la fenêtre, on voyait les bateaux, de l'autre côté de la Seine, amarrés devant les docks des Magasins Généraux.

— Il y a déjà quelqu'un qui attend, continuait le fonctionnaire qui avait envie de faire la conversation. Il paraît que c'est un parent...

— Il a donné son nom?

— Je le lui demanderai quand il aura reconnu le corps et qu'il signera sa déclaration...

Cet employé ne s'occupait des cadavres que d'une façon théorique, sous forme de fiches.

— Où est-il?

— Dans la salle d'attente... Il faudra que vous patientiez aussi, monsieur Maigret... Le docteur Morel est en plein travail...

Le couloir était blanc, dallé de clair, la salle d'attente claire aussi, avec ses deux bancs et ses chaises en bois verni, sa grande table sur laquelle il ne manquait que des magazines pour qu'on pût se croire chez un dentiste. Les murs, peints à l'huile, étaient nus, et Maigret s'était déjà demandé quel genre de tableaux ou de gravures on aurait pu y suspendre.

Antonio était assis sur une des chaises, le menton dans les mains, et, s'il restait beau garçon, son visage était un peu bouffi comme celui d'un homme qui n'a pas assez dormi, ses joues n'étaient pas rasées.

Il se leva à l'entrée des policiers.

— Vous l'avez vu? questionna-t-il.

— Pas encore.

— Moi non plus. Voilà plus d'une demi-heure que j'attends. C'est bien la carte d'identité d'Emile qu'on m'a montrée...

— Qui?

— Un inspecteur qui a un drôle de nom... Attendez... Mornique?... Bornique?...

— Bornique, oui...

Maigret et Lucas échangeaient un coup d'œil.
Avec Bornique, du XXe arrondissement, cela ne
pouvait rater. Ils étaient quelques-uns comme lui,
dans les commissariats de quartiers, non seulement des inspecteurs, mais certains commissaires, qui s'entêtaient à rivaliser avec la P.J. et
qui mettaient leur point d'honneur à arriver
avant elle.

Maigret n'avait connu la découverte du corps
que par les rapports journaliers et, depuis cette
découverte, les gens du XXe n'étaient pas restés
inactifs. C'était justement pour éviter ces excès
de zèle que Maigret travaillait depuis plusieurs
semaines à une refonte des services.

— Vous croyez que le toubib en a encore pour
longtemps? Les femmes sont comme folles...

— C'est Bornique qui est allé les avertir?

— Il n'était pas huit heures du matin. Elles
venaient de se lever et s'occupaient des gosses.

« — Laquelle de vous s'appelle Marina Boulay? a-t-il demandé.

« Puis il a rendu une carte d'identité à ma
belle-sœur.

« — C'est bien la carte de votre mari? Vous
reconnaissez sa photographie? Quand l'avez-vous
vu pour la dernière fois?...

« Vous imaginez la scène. Ada m'a tout de
suite téléphoné chez moi. Je dormais. Je n'ai pas
pris le temps de déjeuner ni de me préparer une
tasse de café. Quelques minutes plus tard, j'étais

rue Victor-Massé et c'est tout juste si l'inspecteur
ne m'a pas traité de suspect.

« — Qui êtes-vous, vous?

« — Le beau-frère...

« — De cette dame?

« — Non. De son mari... »

Antonio était à cran.

— Il m'a fallu discuter longtemps pour obtenir
de venir reconnaître le corps à la place de ma
sœur. Celle-ci insistait pour m'accompagner.
Comme je me doutais que ce ne serait pas beau,
je l'ai obligée à rester à la maison...

Il allumait nerveusement une cigarette.

— L'inspecteur ne vous a pas accompagné?

— Non. Il paraît qu'il a autre chose à faire. Il
m'a annoncé que l'employé d'ici me donnerait une
feuille à remplir et à signer...

Après un temps, il ajoutait :

— Vous voyez que j'avais raison de m'inquié-
ter. Avant-hier, vous n'aviez pas l'air de me
croire. Où est-ce, la rue des Rondeaux?

— En bordure du cimetière du Père-
Lachaise...

— Je ne connais pas le coin. Quel genre de
quartier est-ce?

Une porte s'ouvrait. Le docteur Morel, en
blouse blanche, le calot sur la tête, un masque de
gaze pendant sous son menton, cherchait des
yeux le commissaire.

— On m'apprend que vous m'attendez, Maigret... Vous voulez venir?...

Il les introduisait dans une salle où la lumière
ne parvenait qu'à travers des carreaux dépolis et
où les murs étaient couverts de casiers métalli-
ques, comme dans une administration, à la différence que les casiers étaient d'une taille inusitée.
Un corps, couvert d'une toile, était étendu sur
une table roulante.

— Il vaudrait mieux que son beau-frère le
reconnaisse d'abord, dit le commissaire.

Et ce fut le geste traditionnel de soulever le
drap à hauteur du visage. Le mort avait le visage
envahi par une barbe de près d'un centimètre, des
poils roussâtres, comme ses cheveux. La peau
avait des reflets bleutés et on distinguait nette-
ment, sur la joue gauche, la cicatrice dont Antonio avait parlé à la Brasserie Dauphine.

Quant au corps, sous le drap, il paraissait
menu et maigre.

— C'est bien lui?

— C'est lui, évidemment...

Sentant que l'Italien avait mal au cœur, Maigret l'envoya au bureau avec Lucas pour les for-
malités.

— On peut le ranger? questionna le médecin
en faisant signe à un homme en blouse grise qui
avait déjà ouvert un des tiroirs. Vous m'accompa-
gnez, Maigret?

Il l'emmenait dans un bureau muni d'un
lavabo et, tout en parlant, se désinfectait les
mains, le visage, se débarrassait de sa blouse

blanche, reprenait l'aspect d'un homme ordinaire.

— Je suppose que vous désirez quelques
indications en attendant mon rapport?... Il faudra, comme d'habitude, procéder à des analyses
qui prendront plusieurs jours... Ce que je peux
vous dire, dès à présent, c'est que le corps ne
porte aucune trace de blessures... L'homme a été
étranglé ou, plus exactement...

Morel cherchait ses mots, comme s'il n'était
pas trop sûr de lui-même.

— Ceci n'est pas officiel, n'est-ce pas?... Je
ne serai pas aussi catégorique dans mon rapport... Si je devais reconstituer le meurtre à la
lumière de l'autopsie, je dirais que la victime a
été attaquée par-derrière, qu'on lui a passé un
bras autour du cou et qu'on a tiré si violemment
qu'une vertèbre cervicale a été brisée... C'est un
peu ce que vous appelez le coup du lapin...

— Il était donc debout?

— Debout ou, à la rigueur, assis... Je pense
plutôt qu'il était debout et qu'il ne s'attendait
pas à cette attaque... Il n'y a pas eu lutte à pro-
prement parler... Il ne s'est pas défendu... J'ai
soigneusement examiné ses ongles et je n'y ai
trouvé ni brins de laine, comme s'il s'était accro-
ché aux vêtements de son agresseur, ni sang, ni
poils; il n'y a pas non plus d'égratignures sur ses
mains. Qui est-ce?

— Un propriétaire de boîtes de nuit. Avez-
vous une idée de la date de sa mort?

— Il s'est écoulé deux jours pleins au moins, trois au plus, depuis que l'homme a cessé de vivre et, toujours officieusement, sans garantie, j'ajoute un détail : à mon avis, le corps n'a pas été exposé au grand air pendant ce temps-là... Vous recevrez un premier rapport ce soir...

Lucas surgissait.

— Il a signé les papiers... Qu'est-ce que j'en fais?... Je le renvoie rue Victor-Massé?

Maigret fit signe que oui, car il lui restait à examiner les vêtements d'Émile et le contenu des poches. Plus tard dans la journée, on recommencerait ce travail plus scientifiquement, au laboratoire.

Ces objets se trouvaient dans une autre pièce, en tas sur une table. Le complet, bleu sombre, n'avait aucune déchirure et on n'y voyait qu'assez peu de poussière. Pas de sang. Il était à peine froissé. Quant aux chaussures noires, elles étaient aussi nettes que celles d'un homme qui sort de chez lui, avec seulement deux écorchures fraîches dans le cuir.

Maigret aurait parié que le crime n'avait pas été commis dans la rue mais dans une maison, et qu'on ne s'était débarrassé du corps, en le déposant sur le trottoir de la rue des Rondeaux, que vers la fin de la nuit précédente.

D'où l'avait-on amené? On s'était presque sûrement servi d'une voiture. On ne l'avait pas traîné sur le trottoir.

Quant au contenu des poches, il était assez

décevant. Emile Boulay fumait-il? Il ne le semblait pas. Il n'y avait en effet ni pipe, ni cigarettes, ni briquet, ni allumettes. Pas non plus ces
brins de tabac qu'on trouve toujours au fond des
poches d'un fumeur.

Une montre en or. Dans le portefeuille, cinq
billets de cent nouveaux francs et trois billets de
cinquante. Les billets de dix francs étaient en
vrac dans une des poches et, dans une autre, de la
menue monnaie.

Un trousseau de clefs, un canif, un mouchoir
froissé et un autre mouchoir, bien plié, dans la
poche extérieure. Une petite boîte d'aspirine et
des bonbons à la menthe.

Lucas, qui vidait le portefeuille, s'excla-
mait :

— Tiens! Ma convocation...

Une convocation à laquelle Emile Boulay
aurait été bien en peine de se rendre!

— Je croyais qu'il avait l'habitude de porter
un automatique, grommela Maigret.

L'arme ne se trouvait pas parmi les objets
épars sur la table, mais il y avait un carnet de
chèques que le commissaire feuilleta. Le carnet
était presque neuf. Trois chèques seulement
avaient été tirés. Le seul important était un
chèque de cinq mille nouveaux francs libellé « à
moi-même ».

Il portait la date du 22 mai et Lucas remarqua
tout de suite :

— Tiens! C'est le jour où je l'ai convoqué

pour la deuxième fois au quai des Orfèvres. Je
l'avais reçu une première fois le 18 mai, le lendemain de la mort de Mazotti...

— Veux-tu téléphoner au laboratoire pour
qu'on vienne chercher ces affaires et qu'on les
étudie?

Quelques minutes plus tard, les deux hommes
remontaient dans l'auto noire que Lucas conduisait avec une sage lenteur.

— Où allons-nous, patron?

— D'abord rue des Rondeaux... J'ai envie de
voir l'endroit où on l'a trouvé...

Dans le soleil, malgré le cimetière et la voie du
chemin de fer, l'endroit n'était pas sinistre. De
loin, ils virent quelques curieux que maintenaient
deux agents, des ménagères à leur fenêtre, des
enfants qui jouaient. Quand la voiture s'arrêta,
Maigret fut accueilli par l'inspecteur Bornique
qui lui dit avec un faux air modeste :

— Je vous attendais, monsieur le principal...
Je me doutais que vous viendriez et j'ai pris
soin...

Les agents s'écartaient, laissant voir, sur le
trottoir grisâtre, la silhouette d'un corps dessinée
à la craie.

— Qui l'a découvert?

— Un employé du gaz qui prend son service à
cinq heures du matin et qui habite cette maison...
C'est sa femme que vous voyez à la fenêtre du
troisième étage... J'ai sa déposition, bien entendu... Il se fait que j'étais de nuit...

Ce n'était pas le moment, parmi les curieux, de lui adresser des reproches.

— Dites-moi, Bornique, avez-vous l'impression que le corps a été poussé hors d'une voiture ou qu'il a été déposé sur le trottoir?

— Qu'il a été déposé, certainement...

— Sur le dos?

— Sur le ventre... A première vue, on aurait pu croire que c'était un ivrogne qui cuvait son vin... A part l'odeur... Car, pour l'odeur, j'aime mieux vous dire...

— Je suppose que vous avez questionné les voisins?

— Tous ceux qui sont chez eux... Surtout des femmes et des vieux, car les autres sont partis pour leur travail...

— Personne n'a rien vu, rien entendu?

— Sauf une vieille, là-haut, au cinquième, qui a, paraît-il, des insomnies. Il est vrai que sa concierge affirme qu'elle ne sait plus très bien ce qu'elle dit... Elle prétend, que, vers trois heures et demie du matin, elle a entendu les freins d'une auto... Il n'en passe pas beaucoup dans cette partie de la rue, qui ne conduit nulle part...

— Elle n'a pas entendu de voix?

— Non. Seulement une portière qui s'ouvrait, puis des pas, puis la portière qui se refermait...

— Elle n'a pas regardé par la fenêtre?

— Elle est presque impotente... Sa première idée a été qu'il y avait quelqu'un de malade dans la maison et qu'une ambulance avait été appelée... Elle attendait d'entendre la porte s'ouvrir et se refermer, mais la voiture est repartie presque tout de suite, après une manœuvre pour changer de direction...

L'inspecteur Bornique ajouta, en homme qui connaît son métier :

— Je reviendrai à midi et ce soir, quand les hommes seront rentrés chez eux...

— La descente du Parquet a eu lieu?

— De très bonne heure. Cela s'est passé très vite. Une simple formalité...

Maigret et Lucas, sous les regards des badauds, remontaient dans leur voiture.

— Rue Victor-Massé...

On voyait des monceaux de cerises et déjà des pêches dans les charrettes des marchands des quatre saisons entre lesquelles se faufilaient les ménagères. Paris était très gai ce matin-là, avec plus de passants sur les trottoirs ombragés que sur ceux que le soleil frappait en plein.

Rue Notre-Dame-de-Lorette, ils aperçurent la devanture jaune du Saint-Trop', dont l'entrée était fermée par une grille et, à gauche de celle-ci, un cadre contenait des photographies de femmes déshabillées.

Rue Victor-Massé, un cadre presque semblable figurait à la devanture plus large du Train Bleu et Lucas s'arrêta un peu plus loin devant une maison bourgeoise. L'immeuble était grisâtre, assez cossu, et deux plaques de cuivre annon-

çaient, l'une un médecin, l'autre une société
immobilière.

— Qu'est-ce que c'est? questionna une concierge peu amène en ouvrant sa porte vitrée.

— Mme Boulay...

— Au troisième à gauche, mais...

Ayant observé les deux hommes, elle se ravi-
sait :

— Vous êtes de la police?... Dans ce cas, vous
pouvez monter... Ces pauvres femmes doivent
être dans un état...

Il y avait un ascenseur presque silencieux, un
tapis rouge dans l'escalier mieux éclairé que dans
la plupart des vieux immeubles de Paris. Au
troisième, on entendait des voix derrière une
porte. Maigret poussa le bouton de sonnerie et les
voix se turent, des pas se rapprochèrent, Antonio
surgit dans l'encadrement. Il avait tombé la veste
et tenait un sandwich à la main.

— Entrez... Ne faites pas attention au désordre...

Un bébé pleurait dans une chambre. Un petit
garçon se raccrochait à la robe d'une femme
jeune, déjà assez grasse, qui n'avait pas eu le
temps de se coiffer et dont les cheveux noirs
tombaient sur le dos.

— Ma sœur Marina...

Elle avait les yeux rouges, comme on pouvait
s'y attendre, et paraissait un peu perdue.

— Venez par ici...

Elle les introduisait dans un salon en désordre,

avec un cheval de bois renversé sur le tapis, des tasses et des verres sales sur la table.

Une femme plus âgée, beaucoup plus grosse, vêtue d'un peignoir bleu ciel, paraissait à une autre porte et regardait les nouveaux venus avec méfiance.

— Ma mère... présentait Antonio... Elle ne parle presque pas le français... Elle ne s'y fera jamais...

L'appartement semblait vaste, confortable, meublé de ces meubles rustiques que l'on trouve dans les grands magasins.

— Où est votre belle-sœur? questionna Maigret en regardant autour de lui.

— Avec le bébé... Elle va venir...

— Comment expliquez-vous ça, monsieur le commissaire? questionnait Marina, qui avait moins d'accent que son frère.

Elle avait dix-huit ou dix-neuf ans quand Boulay l'avait rencontrée. Elle en avait donc à présent vingt-cinq ou vingt-six et elle était encore très belle, le teint mat, les yeux sombres. Avait-elle gardé sa coquetterie? Les circonstances n'étaient pas favorables pour en juger, mais le commissaire aurait parié qu'elle ne se souciait plus de sa ligne ni de ses toilettes, qu'elle vivait heureuse, entre sa mère, sa sœur, ses enfants et son mari, sans se soucier du reste du monde.

Tout de suite en entrant, Maigret avait reniflé, reconnaissant l'odeur qui régnait et qui lui rappelait celle des restaurants italiens.

Antonio était évidemment devenu le chef de famille. Ne l'était-il pas déjà un peu du temps d'Emile Boulay? N'était-ce pas à lui que l'ancien maître d'hôtel avait dû demander la main de Marina?

Son sandwich toujours à la main, il questionnait :

— Vous avez découvert quelque chose?

— Je voudrais savoir si, quand il est sorti mardi soir, il avait son automatique en poche.

Antonio regarda sa sœur, qui hésita un instant et se précipita dans une autre pièce. La porte étant restée ouverte, on découvrit une salle à manger qu'elle traversait avant d'entrer dans une chambre. Elle ouvrait le tiroir d'une commode, revenait avec un objet sombre à la main.

C'était l'automatique, qu'elle maniait prudemment, comme quelqu'un qui a peur des armes.

— Il était à sa place... dit-elle.

— Il ne le portait pas toujours sur lui?

— Pas toujours, non... Pas les derniers temps...

Antonio intervenait.

— Depuis la mort de Mazotti et le départ de sa bande pour le Midi, Emile n'éprouvait plus le besoin d'être armé...

C'était significatif. En sortant de chez lui, le mardi soir, Emile Boulay ne s'attendait donc pas à une rencontre dangereuse ou délicate.

— A quelle heure vous a-t-il quittée, madame?

— Quelques minutes avant neuf heures, comme d'habitude. Nous avons dîné à huit heures. Puis il est allé embrasser les enfants dans leur lit, comme il le faisait toujours avant de partir...

— Il ne vous a pas paru soucieux?

Elle s'efforçait de réfléchir. Elle avait de très beaux yeux qui, en temps normal, devaient être gais et caressants.

— Non... Je ne crois pas... Vous savez, Emile n'était pas démonstratif et les gens qui ne le connaissaient pas devaient s'imaginer qu'il avait un caractère renfermé...

Deux larmes montaient à ses paupières.

— Au fond, il était très bon, très atten-tionné...

Elle se tournait vers sa mère qui écoutait, les mains sur le ventre, lui disait quelques mots en italien, la mère levait et baissait la tête dans un geste affirmatif.

— Je sais ce qu'on pense des gens qui dirigent des établissements de nuit... On se figure que ce sont des sortes de gangsters et c'est vrai qu'il y en a...

Elle s'essuyait les yeux, regardait son frère comme pour lui demander la permission de conti-nuer.

— Lui, il était plutôt timide... Peut-être pas en affaires... Il vivait au milieu de douzaines de femmes dont il aurait pu faire ce qu'il voulait mais, au lieu de les traiter comme le font la plupart de ses collègues, il les considérait comme

des employées et, s'il était ferme avec elles, il
était aussi respectueux... Je le sais d'autant mieux
que j'ai été à son service avant de devenir sa
femme...

« Vous me croirez si vous voulez : il a passé
des semaines à tourner autour de moi comme
l'aurait fait un jeune homme... Quand il me parlait, pendant le spectacle, c'était pour me poser
des questions : où j'étais née, où vivait ma
famille, si ma mère était à Paris, si j'avais des
frères et sœurs...

« Pas une fois, pendant tout ce temps-là, il ne
m'a touchée. Il ne m'a jamais proposé non plus
de me reconduire... »

Antonio approuvait, avec l'air de dire qu'il
n'aurait pas permis qu'il en fût autrement.

— Bien sûr, continuait-elle, il connaissait les
Italiennes, car il y en a toujours deux ou trois au
Lotus... Un soir, il m'a demandé s'il pouvait
rencontrer mon frère...

— Il a été correct ! concédait Antonio.

La maman devait comprendre un peu de français et, de temps en temps, elle ouvrait la bouche
comme pour intervenir mais finissait, faute de
trouver ses mots, par se taire.

Une jeune fille entra, vêtue de noir, déjà coiffée
et fraîche. C'était Ada, qui avait à peine vingt-
deux ans et qui devait être le portrait de sa sœur
à cet âge-là. Elle observa les visiteurs avec curiosité, annonça à Marina :

— Elle a fini par s'endormir...

Puis, à Maigret et à Lucas :

— Vous ne vous asseyez pas?

— J'ai cru comprendre, mademoiselle, que vous étiez la secrétaire de votre beau-frère?

Elle aussi avait à peine une pointe d'accent, juste assez pour lui donner un charme de plus.

— C'est beaucoup dire... Emile s'occupait lui-même de toutes ses affaires... Et ce sont des affaires qui n'exigent pas beaucoup de paperasserie...

— Il avait un bureau?

— On appelle ça le bureau, oui... Deux petites pièces à l'entresol, au-dessus du Lotus...

— Quand s'y rendait-il?

— Il dormait le plus souvent jusqu'à midi et déjeunait avec nous... Vers trois heures, nous nous rendions tous les deux place Pigalle...

Maigret observait tour à tour les deux sœurs, se demandant si, par exemple, il n'existait pas chez Marina une certaine jalousie à l'égard de sa cadette. Il n'en trouva pas trace dans son regard.

Marina, autant qu'on en pouvait juger, était, trois jours plus tôt encore, une femme contente de son sort, contente de mener une vie assez paresseuse, avec sa mère et ses enfants, dans l'appartement de la rue Victor-Massé, et, sans doute, si son mari avait vécu, aurait-elle eu une famille nombreuse.

Très différente, plus nette, plus énergique, Ada poursuivait :

— Il y avait toujours des gens qui attendaient, des artistes, des musiciens, le maître d'hôtel ou le barman de tel ou tel cabaret, sans compter les courtiers en vins et en champagne...

— De quoi s'est occupé Emile Boulay le jour de sa disparition?

— Attendez... C'était mardi, n'est-ce pas?... Nous sommes descendus dans la salle pour faire auditionner une danseuse espagnole qu'il a engagée... Puis il a reçu le représentant d'une entreprise de conditionnement d'air... Il avait l'intention de faire installer l'air conditionné dans ses quatre cabarets... Au Lotus, surtout, on avait des ennuis avec la ventilation...

Maigret se souvenait d'un catalogue aperçu dans les affaires du mort.

— Qui s'occupait de ses affaires financières?

— Que voulez-vous dire?

— Qui payait les factures, le personnel?...

— Le comptable, bien entendu...

— Il a son bureau au-dessus du Lotus, lui aussi?

— Une petite pièce donnant sur la cour, oui... C'est un vieux bonhomme qui grogne sans cesse et qui, chaque fois qu'il a de l'argent à verser, en souffre comme si c'était le sien... Il s'appelle Raison... M. Raison, comme tout le monde dit, car si on ne lui donnait pas du monsieur...

— Il se trouve en ce moment place Pigalle?

— Sûrement. Il est le seul à travailler le matin, car il est libre le soir et la nuit...

La mère, qui avait disparu depuis quelques minutes, revenait avec un fiasco de chianti et des verres.

— Je suppose que chaque cabaret a son gérant?

Ada secouait la tête.

— Non. Cela ne se passe pas comme ça. Antonio dirige le Paris-Strip, parce que c'est dans un autre quartier, avec une clientèle différente, un style différent... Vous comprenez ce que je veux dire?... En outre, Antonio est de la famille...

« Les trois autres cabarets sont presque porte à porte... En cours de soirée, certaines artistes vont de l'un à l'autre... Emile, lui aussi, faisait la navette et avait l'œil à tout... Il arrivait que, vers trois heures du matin, on envoie des caisses de champagne du Lotus au Train Bleu, par exemple, ou des bouteilles de whisky... Si une des boîtes était pleine et manquait de personnel, on expédiait du renfort d'une autre où il y avait moins de monde... »

— Autrement dit, Emile Boulay dirigeait en personne les trois cabarets de Montmartre.

— Pratiquement... Encore que, dans chacun, il y eût un maître d'hôtel responsable...

— M. Raison s'occupant de la comptabilité et de la paperasserie...

— C'est assez bien cela.

— Et vous?

— Moi, je suivais mon beau-frère et prenais des notes... Commander ceci... Donner rendez-

vous à tel fournisseur ou à tel entrepreneur...
Téléphoner à une artiste qui se produisait ailleurs
pour essayer de l'engager...

— Vous le suiviez le soir aussi?

— Une partie de la soirée seulement...

— Jusqu'à quelle heure en général?

— Dix ou onze heures... Le plus long, c'est la
mise en place, vers neuf heures... Il y a toujours
quelqu'un qui manque, un garçon, un musicien
ou une danseuse... Ou encore c'est une livraison
de champagne ou de cotillons qui est en retard...

Maigret disait rêveusement :

— Je commence à me faire une idée... Vous
étiez avec lui mardi soir?

— Comme les autres soirs...

Il regardait à nouveau Marina et ne découvrait
sur son visage aucune trace de jalousie.

— A quelle heure avez-vous quitté votre beau-
frère?

— A dix heures et demie...

— Où étiez-vous alors?

— Au Lotus... C'était une sorte de quartier
général... Nous étions déjà passés au Train Bleu
et au Saint-Trop'...

— Vous n'avez rien remarqué de particulier?

— Rien... Sinon que j'ai cru qu'il allait pleu-
voir...

— Il a plu?

— Quelles gouttes, au moment où je sortais
du Lotus... Mickey a proposé de me prêter un

parapluie mais j'ai attendu et cinq minutes plus tard la pluie avait cessé...

— Vous notiez les rendez-vous de Boulay?

— Je les lui rappelais au besoin. C'était rarement nécessaire, car il pensait à tout... C'était un homme calme, réfléchi, qui menait son affaire fort sérieusement...

— Il n'avait pas de rendez-vous ce soir-là?

— Pas à ma connaissance...

— Vous l'auriez su?

— Je suppose... Je ne veux pas me donner une importance que je n'avais pas... Par exemple, il ne discutait avec moi ni de ses affaires, ni de ses projets... Mais il en parlait en ma présence... Quand il recevait des gens, j'étais presque toujours là... Je ne me souviens pas qu'il m'ait fait sortir... Il me disait des choses comme :

« — Il faudra changer les tentures du Train Bleu...

« J'en prenais note et je le lui rappelais le lendemain après-midi... »

— Quelle a été sa réaction quand il a appris que Mazotti avait été abattu?

— J'étais absente. Il a dû le savoir pendant la nuit, comme tout Montmartre, car ces nouvelles-là vont vite.

— Et le lendemain, quand il s'est levé?

— Il m'a tout de suite réclamé les journaux... Je suis allée les lui acheter au coin de la rue...

— Il n'avait pas l'habitude de lire les journaux?

— Un coup d'œil sur un journal du matin et un autre sur celui du soir...

— Il jouait aux courses?

— Jamais... Ni aux courses, ni aux cartes, ni à aucun jeu...

— Il vous a parlé de la mort de Mazotti?

— Il m'a dit qu'il s'attendait à être convoqué et m'a fait téléphoner au maître d'hôtel du Lotus pour savoir si la police s'y était déjà présentée...

Maigret se tourna vers Lucas qui comprit sa question muette.

— Deux inspecteurs du IX⁺ y sont allés, dit-il.

— Boulay avait l'air inquiet?

— Il craignait une mauvaise publicité...

C'était au tour d'Antonio d'entrer dans la conversation.

— Cela a toujours été son grand souci... A moi aussi, il recommandait souvent de veiller à la tenue de mon établissement.

« — Ce n'est pas parce qu'on gagne sa vie à montrer des femmes nues, disait-il, qu'on est des gangsters... Je suis un commerçant honorable et je tiens à ce que cela se sache... »

— C'est vrai... Je le lui ai entendu dire aussi... Vous ne buvez pas, monsieur le commissaire?

Bien qu'il n'eût pas envie de chianti à onze heures et demie du matin, il n'en trempa pas moins les lèvres dans son verre.

— Il avait des amis?

Ada regarda autour d'elle, comme si cela cons-
tituait une réponse.

— Il n'avait pas besoin d'amis... Sa vie était
ici...

— Il parlait l'italien?

— L'italien, l'anglais, un peu d'espagnol... Il
avait appris les langues à bord de la Transat,
puis aux Etats-Unis...

— Il lui arrivait de parler de sa première
femme?

Aucune gêne chez Marina cependant que sa
sœur répondait :

— Il allait chaque année sur sa tombe et son
portrait est toujours au mur de la chambre...

— Encore une question, mademoiselle Ada...
Lorsqu'il est mort, Boulay avait en poche un
carnet de chèques... Vous êtes au courant?

— Oui. Il l'avait toujours sur lui, mais s'en
servait assez peu... Les gros payements étaient
faits par M. Raison... Emile avait toujours aussi
dans sa poche une liasse de billets... C'est nécessaire dans le métier...

— Votre beau-frère a été convoqué à la P.J. le
18 mai...

— Je m'en souviens...

— Vous l'avez accompagné au quai des
Orfèvres?

— Jusqu'au portail... Je l'ai attendu sur le
trottoir...

— Vous avez pris un taxi?

— Il n'aimait pas les taxis, ni les autos en général... Nous sommes allés en métro...

— Il a reçu ensuite une convocation pour le 23 mai...

— Je suis au courant... Cela le tracassait...

— Toujours à cause de la publicité?

— Oui...

— Or, le 22 mai, il a retiré une assez forte somme, un demi-million d'anciens francs, de la banque... Vous le saviez?

— Non.

— Vous ne vous occupiez pas de son carnet de chèques?

Elle secouait la tête.

— Il vous en empêchait?

— Non plus... C'était son carnet personnel et il ne m'est jamais venu à l'idée de l'ouvrir... Il ne l'enfermait pas, le laissait traîner sur la commode de sa chambre...

— Lui arrivait-il de retirer de fortes sommes de la banque?

— J'en doute... Ce n'était pas nécessaire... Quand il avait besoin d'argent, il le prenait dans la caisse du Lotus ou d'un des cabarets et laissait une fiche à la place...

— Vous n'avez aucune idée de la raison pour laquelle il a retiré cet argent?

— Aucune...

— Vous n'avez aucun moyen de le savoir?

— J'essayerai... Je demanderai à M. Raison... Je chercherai dans la correspondance...

— Soyez assez gentille pour vous en occuper aujourd'hui même et pour me donner un coup de téléphone si vous trouvez quelque chose...

Sur le palier, Antonio posa une question, l'air un peu gêné.

— Qu'est-ce qu'on fait avec les cabarets?

Et, comme Maigret le regardait sans comprendre, il précisa :

— On ouvre quand même?

— Je ne vois personnellement aucune raison pour... Mais je suppose que cela regarde votre sœur, non?

— Si on ferme, les gens vont se demander...

Maigret et Lucas pénétrèrent dans l'ascenseur qui venait de s'arrêter à l'étage, laissant l'Italien perplexe.

3

Sur LE TROTTOIR, Maigret allumait sa pipe en clignant des yeux dans le soleil et il allait adresser la parole à Lucas quand se déroula devant eux une petite scène caractéristique de la vie de Montmartre. Le Train Bleu n'était pas loin, avec son enseigne au néon éteinte et ses volets fermés. Juste en face de la maison des Boulay, une jeune femme sortait précipitamment d'un petit hôtel, en robe de soirée noire, une écharpe de tulle jetée sur ses épaules nues. Dans la lumière du jour, ses cheveux étaient de deux tons et elle n'avait pas pris la peine de refaire son maquillage.

Elle était grande et mince, du calibre des girls de music-hall. Traversant la rue en courant, sur ses talons trop hauts, elle pénétrait dans un petit bar où elle allait sans doute boire un café et manger des croissants.

Un autre personnage sortait de l'hôtel presque
sur ses pas, un homme de quarante-cinq à cinquante ans du genre homme d'affaires nordique
qui, après un coup d'œil à droite et à gauche, se
dirigeait vers le coin de la rue pour héler un
taxi.

Maigret leva machinalement la tête vers les
fenêtres du troisième étage de la maison dont il
sortait, vers l'appartement où trois femmes,
autour de deux enfants, avaient reconstitué une
petite Italie.

— Il est onze heures et quart. J'ai bien envie
d'aller voir M. Raison à son bureau. Pendant ce
temps, tu pourrais poser quelques questions dans
le quartier, surtout dans les boutiques, chez le
boucher, la crémière, etc.

— Où est-ce que je vous retrouve, patron?

— Pourquoi pas Chez Jo?

Le bar où Mazotti s'était fait descendre.
Maigret ne suivait pas de plan établi. Il n'avait
aucune idée. Il était un peu comme un chien de
chasse qui va et vient en reniflant. Et cela ne lui
déplaisait pas, au fond, de retrouver l'air de ce
Montmartre-là qu'il n'avait pas respiré depuis
des années.

Il tournait le coin de la rue Pigalle, s'arrêtait
devant la grille qui fermait le Lotus, cherchait un
bouton de sonnerie inexistant. La porte, derrière
la grille, était fermée. Tout à côté, c'était un
autre cabaret, plus petit, assez minable avec sa
devanture peinte d'un mauve agressif, puis

l'étroite vitrine d'une boutique de lingerie où
s'étalaient des culottes et des soutiens-gorge
extravagants.

Il entra à tout hasard dans le couloir d'un
immeuble, trouva dans sa loge une concierge revê-
che.

— Le Lotus? questionna-t-il.

— Vous n'avez pas vu que c'est fermé?

Elle l'observait avec méfiance, flairant peut-
être le policier.

— C'est le comptable que je veux voir,
M. Raison...

— L'escalier à gauche dans la cour...

Une cour étroite et sombre, encombrée de pou-
belles, sur laquelle donnaient des fenêtres qui,
pour la plupart, n'avaient pas de rideaux. Une
porte brune était entrouverte sur un vieil escalier
plus obscur encore, dont le poids de Maigret fit
craquer les marches. Sur une des portes, à
l'entresol, une plaque de zinc avec des mots mal
gravés : « La Pleine Lune ». C'était le nom du
cabaret voisin de celui d'Emile.

En face un écriteau de carton : « Le Lotus ».

On avait l'impression décevante de pénétrer
dans un théâtre par l'entrée des artistes. Le décor
terne, poussiéreux, presque misérable, ne faisait
penser ni aux robes du soir, ni aux corps nus, ni
au champagne et à la musique.

Il frappa, n'entendit rien, frappa une seconde
fois, se décida à tourner le bouton d'émail. Il
découvrit un couloir étroit où la peinture s'écail-

lait, une porte au fond, une autre sur sa droite.
C'est à celle-ci qu'il frappa de nouveau et, au
même moment, il entendit un certain remue-
ménage. On le laissait attendre un bon moment
avant de dire :

— Entrez...

Il retrouvait le soleil qui traversait les vitres
sales, un homme gras, sans âge, plutôt âgé,
quelques cheveux gris ramenés sur son crâne
chauve, qui rajustait sa cravate cependant qu'une
jeune femme en robe à fleurs se tenait debout et
essayait de prendre un air désinvolte.

— Monsieur Raison?

— C'est moi... répondait l'homme sans le
regarder en face.

Le commissaire les avait évidemment déran-
gés.

— Commissaire Maigret...

On étouffait dans la pièce, où flottait un par-
fum entêtant.

— Je file, monsieur Jules... N'oubliez pas ce
que je vous ai demandé...

Gêné, il ouvrait un tiroir, et, d'un portefeuille
usé, bourré de billets de banque, il extrayait deux
ou trois billets qu'il lui tendait. En un tourne-
main, les billets passaient dans le sac de la fille
qui s'éloignait sur ses talons-aiguille.

— Elles sont toutes les mêmes, soupirait
M. Raison en s'essuyant le visage de son mouchoir, par crainte, peut-être, qu'il y soit resté des
traces de rouge à lèvres. On les paie le samedi et,

dès le mercredi, elles viennent demander une
avance...

Drôle de bureau et drôle de bonhomme! On ne
se serait pas cru dans les coulisses d'un cabaret,
mais plutôt dans une officine plus ou moins
louche. Pas de photographies d'artistes sur les
murs, comme on aurait pu s'y attendre, mais un
calendrier, des classeurs de métal, des rayonnages
surchargés de dossiers. Les meubles auraient pu
avoir été achetés au marché aux puces et la chaise
que M. Raison désignait au commissaire avait un
pied réparé avec de la ficelle.

— Vous l'avez retrouvé?

Le comptable n'était pas encore tout à fait
d'aplomb. Sa main velue tremblait un peu tandis
qu'il allumait une cigarette et Maigret remarqua
que ses doigts étaient brunis par la nicotine.

De ce bureau, qui donnait sur la cour, on
n'entendait à peu près rien des bruits de la rue,
sinon une vague rumeur. On était dans un autre
monde. M. Raison était en manches de chemise,
avec de larges cernes de sueur sous les bras, et
son visage, mal rasé, était couvert de sueur
aussi.

Maigret aurait parié qu'il n'était pas marié,
qu'il n'avait pas de famille, qu'il vivait seul dans
quelque logement sombre du quartier et préparait
ses repas sur un réchaud à alcool.

— Vous l'avez retrouvé? répétait-il. Il est vivant?

— Mort...

M. Raison soupira, baissa pieusement les paupières.

— Je m'en doutais. Que lui est-il arrivé?

— Etranglé...

Il leva brusquement la tête, aussi surpris que le commissaire l'avait été quai de la Rapée.

— Sa femme sait?... Et Antonio?...

— Je viens de la rue Victor-Massé... Antonio a reconnu le corps... Je voudrais vous poser quelques questions...

— J'y répondrai de mon mieux...

— Savez-vous si Emile Boulay avait des ennemis?

Les dents étaient jaunes et M. Raison devait avoir mauvaise haleine.

— Cela dépend de ce que vous appelez des ennemis... Des concurrents, oui... Il réussissait trop bien au gré de certains... C'est un métier difficile, où on ne fait pas de quartier...

— Comment expliquez-vous qu'en quelques années Boulay ait pu acheter quatre cabarets?

Le comptable commençait à se sentir mieux et il se trouvait maintenant sur un terrain familier.

— Si vous voulez mon avis, c'est parce que M. Emile s'en occupait comme il se serait occupé, par exemple, de boutiques d'épicerie... C'était un homme sérieux...

— Vous voulez dire qu'il ne consommait pas sa marchandise? ne put s'empêcher d'ironiser le commissaire.

L'autre sentit la pointe.

— Si c'est à Léa que vous pensez, vous vous trompez... Je pourrais être son père... Presque toutes viennent me faire leurs confidences, me raconter leurs ennuis...

— Et vous demander une avance...

— Elle ont toujours besoin d'argent...

— Si je comprends bien, Boulay n'avait avec elles que des rapports de patron à employées?

— Certainement. Il aimait sa femme, sa famille... Il ne jouait pas les durs, ne possédait ni auto, ni villa à la campagne ou au bord de la mer... Il ne jetait pas l'argent par les fenêtres et n'essayait d'impressionner personne... C'est rare dans le métier... Il aurait réussi dans n'importe quel commerce...

— Donc, ses concurrents lui en voulaient...

— Pas au point de le tuer... Quant au milieu, M. Emile était parvenu à s'en faire respecter...

— Grâce à ses dockers...

— Vous parlez de l'affaire Mazotti?... Je puis vous affirmer qu'il n'était pour rien dans le meurtre... Il a refusé de payer, tout simplement, et, pour mettre ces messieurs au pas, il a fait venir quelques costauds du Havre... Cela a suffi...

— Où sont-ils en ce moment?

— Voilà quinze jours qu'ils sont rentrés chez eux... L'inspecteur qui s'occupe de l'affaire le leur a permis...

C'était de Lucas qu'il parlait.

— Boulay tenait à faire les choses régulière-

ment... Vous pouvez vous renseigner auprès de
votre collègue de la Mondaine, qui est à Montmartre presque toutes les nuits et qui sait ce que
valent les uns et les autres...

Une idée passa par la tête de Maigret.

— Vous permettez que je téléphone?

Il appelait, à son domicile, le docteur Morel, à
qui, le matin, il avait omis de poser une question.

— Dites-moi, docteur, vous est-il possible,
avant le résultat des analyses, de me dire
approximativement combien de temps après son
repas Boulay a été tué?... Comment?... Non, je
ne demande pas une réponse précise... A une
heure près, oui... Je sais que, d'après le contenu
de l'estomac... Il a dîné à huit heures du soir...
Vous dites?... Entre minuit et une heure du matin?... Je vous remercie...

C'était une petite case qui se remplissait.

— Je suppose, monsieur Raison, que vous ne
travaillez pas le soir?

Le comptable solitaire secouait la tête, presque
avec indignation.

— Je ne mets jamais les pieds dans un cabaret... ce n'est pas mon travail...

— Je suppose que votre patron vous tenait au
courant de ses affaires?

— En principe, oui...

— Pourquoi en principe?

— Parce que, par exemple, il ne me parlait pas
de ses projets. Quand il a racheté Paris-Strip,

pour y placer son beau-frère, je ne l'ai su que la
veille de la signature des actes... Il n'était pas
bavard...

— Il ne vous a rien dit d'un rendez-vous qu'il
aurait eu mardi soir?

— Absolument rien... Je vais essayer de vous
faire comprendre le fonctionnement de la maison... Moi, je suis ici le matin et l'après-midi...
Le matin, presque toujours seul... L'après-midi,
le patron venait en compagnie d'Ada, qui lui
servait de secrétaire...

— Où est son bureau?

— Je vous le montre...

C'était, au fond du couloir, un bureau guère
plus vaste ni plus luxueux que celui dont sortaient les deux hommes. Dans un coin, une table
de dactylo avec sa machine à écrire. Quelques
classeurs. Sur les murs, des photographies de
Marina et des deux enfants. Une autre photographie de femme, blonde aux yeux mélancoliques,
que Maigret supposa être la première femme de
Boulay.

— Il ne m'appelait que quand il avait besoin
de moi... Je ne m'occupais que de passer les com-
mandes et de régler les comptes...

— C'est donc vous qui effectuiez tous les payements... Y compris les payements de la main à la
main?

— Que voulez-vous dire?

Si Maigret n'avait jamais appartenu à la Mondaine, il n'en connaissait pas moins la vie de nuit.

— Je suppose que certains règlements avaient lieu en billets, sans reçu, ne fût-ce que pour échapper au fisc...

— Vous vous trompez, monsieur Maigret, si vous me permettez de vous contredire... Je sais que c'est l'idée que chacun se fait du métier et cela paraît facile.... Or, justement, ce qui distinguait M. Boulay des autres, c'est qu'il tenait, je l'ai déjà dit, à ce que tout fût régulier...

— Vous vous chargiez de ses déclarations de revenus?

— Oui et non... Je tenais la comptabilité à jour et la remettais, le moment venu, à l'avocat...

— Supposons qu'à un moment donné Boulay ait eu besoin d'une somme assez importante, d'un demi-million d'anciens francs...

— C'est très simple... Il les aurait pris dans la caisse d'un des cabarets et aurait laissé une note à la place...

— Cela lui est arrivé?

— Pas pour des montants aussi élevés... Cent mille... Deux cent mille francs...

— Il n'avait donc aucune raison d'aller retirer de l'argent à la banque?

Cette fois, M. Raison prit le temps de réfléchir, intrigué par la question.

— Attendez... Le matin, je suis ici, et il y a toujours une forte somme dans le coffre... Ce n'est que vers midi que je vais déposer à la

banque les recettes de la veille... D'ailleurs, le
matin, je ne l'ai pour ainsi dire jamais vu au
bureau, étant donné qu'il dormait... Le soir,
comme je vous l'ai dit, il n'avait qu'à puiser dans
la caisse du Lotus, du Train Bleu ou du Saint-
Trop'... L'après-midi, c'est différent... S'il avait
eu besoin d'un demi-million, au milieu de l'après-
midi, il serait sans doute passé à la banque...

— Il l'a fait le 22 mai... Cette date ne vous dit
rien?...

— Rien du tout...

— Vous n'avez aucune trace d'un versement
effectué à cette date ou à la date du lendemain?

Ils étaient revenus dans le bureau de M. Raison, qui consultait un registre relié de toile
noire.

— Rien! confirmait-il.

— Vous êtes sûr que votre patron n'avait pas
une liaison?

— Pour moi, cette hypothèse est tout à fait
invraisemblable...

— Personne ne le faisait chanter? Pouvez-vous
vérifier, dans les relevés de banque, si Boulay a
touché d'autres chèques de la même façon?...

Le comptable alla prendre un dossier dans ses
classeurs, fit glisser son crayon le long des
colonnes.

— Rien en avril... Ni en mars... Ni en
février... Rien en janvier non plus...

— Cela suffit...

Une seule fois donc, au cours des derniers

mois, Emile Boulay avait retiré personnellement
de l'argent de la banque. Ce chèque-là continuait
à préoccuper le commissaire. Il sentait que
quelque chose lui échappait, quelque chose
d'important sans doute, et sa pensée tournait en
rond. Il en revenait à une question déjà posée.

— Vous êtes sûr que votre patron n'effectuait
pas de règlements de la main à la main?

— Je ne vois pas ce qu'il aurait payé ainsi... Je
sais que c'est difficile à croire, mais vous pouvez
questionner M⁰ Gaillard... Dans ce domaine-là,
M. Emile était presque maniaque... Il prétendait
que c'est justement quand on fait un métier un
peu en marge qu'on doit se montrer le plus régulier...

« N'oubliez pas qu'on se méfie de nous, que
nous avons sans cesse la police sur le dos, pas
seulement la Mondaine, mais la police des
fraudes... Tenez! Au sujet de la police des
fraudes, une histoire me revient... Il y a deux
ans, au Saint-Trop', un inspecteur a découvert du
whisky de fantaisie dans des bouteilles d'ori-
gine...

« Je n'ai pas besoin de vous dire que cela se
pratique dans beaucoup d'endroits... Bien
entendu, les gens des assises ont intenté des poursuites... M. Emile a juré qu'il n'était pas au
courant... Son avocat s'en est occupé... Ils ont pu
prouver que c'était le barman qui se livrait à la
substitution à son seul profit...

« Le patron a transigé quand même, mais je

n'ai pas besoin de vous dire que le barman a été
mis à la porte...

« Une autre fois, je l'ai vu encore plus en
colère... Il avait remarqué, dans la clientèle du
Train Bleu, des personnages suspects... Quand
on est habitué à la clientèle, on repère tout de
suite les gens qui ne sont pas là pour les mêmes
raisons que les autres, vous comprenez?

« En cette occasion, la police n'a pas eu à
intervenir... M. Emile a découvert avant elle
qu'un musicien récemment engagé se livrait au
trafic de la drogue, sur une petite échelle, d'ailleurs... »

— Et il l'a flanqué dehors?

— Le soir même...

— Il y a combien de temps de cela?

— C'était avant l'affaire du barman, voilà
presque trois ans maintenant...

— Qu'est devenu le musicien?

— Il a quitté la France quelques semaines plus
tard et il travaille en Italie...

Rien de tout ceci n'expliquait les cinq cent
mille francs, encore moins la mort de Boulay,
qu'on avait gardé deux jours et trois nuits, Dieu
sait où, avant de le déposer dans une rue déserte
le long du mur du Père-Lachaise.

— Ces bureaux communiquent avec le cabaret?

— Par ici...

Il ouvrait une porte que Maigret avait prise
pour celle d'un placard. Il dut faire de la lumière,

car l'obscurité était à peu près complète, et on
découvrit un escalier raide, en colimaçon.

— Vous voulez descendre?

Pourquoi pas? Il suivit M. Raison dans l'escalier qui débouchait dans une pièce où des vêtements féminins, certains recouverts de paillettes
ou de fausses perles, pendaient le long des murs.
Une coiffeuse peinte en gris était encombrée de
pots de crèmes, de fards, de crayons. Il régnait
une odeur fade, assez écœurante.

C'est ici que les artistes troquaient leurs vêtements de ville contre leur harnachement professionnel avant de pénétrer sous la lumière des
projecteurs et des hommes payaient le champagne
cinq ou six fois son prix pour les admirer.

Encore devaient-elles traverser, comme M. Raison et Maigret le faisaient, une sorte de cuisine
qui séparait la loge de la salle.

Deux ou trois pinceaux de soleil s'infiltraient à
travers les volets. Les murs étaient mauves, le
plancher couvert de serpentins et de boules de
coton multicolores. L'odeur de champagne et de
tabac subsistait et il y avait encore un verre cassé
dans un coin, près des instruments de l'orchestre
recouverts de leur housse.

— Les femmes de ménage ne viennent que
l'après-midi. Ce sont les mêmes qui, le matin,
font le nettoyage au Train Bleu. A cinq heures,
elles vont rue Notre-Dame-de-Lorette, de sorte
que, dès neuf heures, tout est prêt pour accueillir
les clients...

C'était aussi déprimant que, par exemple, une plage en hiver, avec ses villas et son casino fermés. Maigret regardait tout autour de lui, comme si le décor allait lui fournir une idée, un point de départ.

— Je peux sortir directement?

— La clef de la grille est en haut, mais, si vous y tenez...

— Ne vous dérangez pas...

Il gravit à nouveau l'escalier pour redescendre, un peu plus tard, celui qui donnait sur la cour, après avoir serré la main moite de M. Raison.

Cela faisait plaisir, après ça, de recevoir dans les jambes un gamin qui courait sur le trottoir, et de respirer en passant la bonne odeur d'un étal de légumes.

Il connaissait bien le bar de Jo, qu'on appelait Jo-le-Catcheur. Il le connaissait depuis vingt ans au moins, sinon davantage, et le bar avait eu de nombreux propriétaires. Etait-ce à cause de sa position stratégique à deux pas de Pigalle, de la place Blanche et des trottoirs que, pendant la nuit, une nuée de femmes arpentaient inlassablement?

Dix fois fermé par la police, le bar n'en était pas moins toujours redevenu un lieu de réunion pour les mauvais garçons. Et, avant Mazotti, quelques-uns d'entre eux s'y étaient fait descendre.

L'endroit, pourtant, était tranquille, tout au moins à cette heure. Le décor était le décor tradi-

tionnel des bistrots de Paris, avec son zinc, ses
glaces sur les murs, ses banquettes et, dans un
coin, quatre joueurs de belote, tandis que deux
plâtriers en blouse, le visage maculé de blanc,
buvaient du vin au comptoir.

Lucas était déjà là et le patron, un colosse aux
manches retroussées, lui annonça en voyant
entrer le commissaire :

— Voilà votre patron !... Qu'est-ce que je vous
sers, monsieur Maigret ?

Il gardait son air moqueur au cours des interro-
gatoires les plus délicats, et il en avait subi un
certain nombre dans sa carrière qui ne comportait
d'ailleurs aucune condamnation.

— Un petit blanc...

Le visage de Lucas lui disait que l'inspecteur
n'avait rien découvert d'important. Maigret n'en
était pas déçu. Il en était encore à la période où,
comme il disait volontiers, il se mettait dans le
bain.

Les quatre joueurs de cartes lui jetaient de
temps en temps un coup d'œil où il y avait plus
d'ironie que de crainte. Il y eut aussi une certaine
ironie dans la voix de Jo quand il questionna :

— Alors, vous l'avez trouvé ?

— Qui ?

— Allons ! Allons, monsieur le commissaire...
Vous oubliez que vous êtes à Montmartre, où les
nouvelles vont vite... Si Emile a disparu depuis
trois jours et si on vous voit rôder dans le quartier...

— Qu'est-ce que vous savez d'Emile?

— Moi?

Jo-le-Catcheur faisait volontiers le clown.

— Qu'est-ce que je pourrais savoir? Est-ce qu'un monsieur comme lui, un commerçant vertueux, fréquente mon établissement?

Cela provoquait des sourires dans le coin des joueurs de cartes, mais le commissaire tirait sur sa pipe et buvait son verre sans se laisser démonter. Il annonça le plus sérieusement du monde :

— On l'a retrouvé...

— Dans la Seine?

— Non, justement pas... Je pourrais presque dire qu'on l'a retrouvé au cimetière...

— Il a voulu faire l'économie d'un enterrement?... Cela ne m'étonnerait pas de lui... Blague à part, Emile est mort?

— Depuis trois jours...

Cette fois, Jo fronça les sourcils tout comme Maigret l'avait fait le matin.

— Vous voulez dire qu'il est mort il y a trois jours et qu'on l'a seulement retrouvé ce matin?

— Etendu sur un trottoir, rue des Rondeaux...

— Où est-ce?

— Je vous l'ai dit... Une rue sans issue, qui borde le Père-Lachaise...

Les joueurs tendaient l'oreille et on les sentait aussi surpris que le tenancier du bar.

— Il n'était pourtant pas là depuis trois jours?...

— On l'y a déposé cette nuit...

— Alors, si vous me demandez mon avis, je vous dirai qu'il y a quelque chose qui ne colle pas... Le temps est plutôt chaud, non?... Et un macchabée, par ce temps-ci, c'est plutôt désagréable à conserver chez soi... Sans compter que c'est un drôle de quartier pour aller déposer ce genre de colis... A moins qu'il s'agisse d'un cinglé...

— Dites-moi, Jo, vous pouvez parler sérieusement une minute?

— Sérieux comme un pape, monsieur Maigret!...

— Mazotti a été descendu au moment où il sortait de chez vous...

— Toujours ma chance!... Je finis par me demander si on ne le fait pas exprès pour me priver de ma licence...

— Vous remarquerez que nous ne vous avons pas ennuyé...

— Sauf que j'ai passé trois matinées chez votre inspecteur... répliqua Jo en désignant Lucas.

— Je ne vous demande pas si vous savez qui a fait le coup.

— Je n'ai rien vu... J'étais descendu chercher des bouteilles à la cave...

— Peu importe si c'est vrai ou non... A votre avis, Emile Boulay pourrait-il avoir fait le coup?...

Jo était devenu sérieux et, pour se donner le temps de réfléchir, il se versait un verre de vin,

remplissait par la même occasion ceux de Maigret
et de Lucas. Il eut aussi un coup d'œil vers la
table des joueurs, comme s'il voulait leur demander conseil, ou leur faire comprendre sa position.

— Pourquoi me demandez-vous ça à moi?

— Parce que vous êtes un des hommes les
mieux renseignés sur ce qui se passe à Montmartre...

— C'est une réputation qu'on me fait...

Il n'en était pas moins flatté.

— Emile était un amateur... finit-il par mur-
murer comme à regret.

— Vous ne l'aimiez pas?

— C'est une autre histoire... Personnellement,
je n'avais rien contre lui...

— Et les autres?

— Quels autres?

— Ses concurrents... On m'a dit qu'il avait
l'intention de racheter d'autres cabarets...

— Et alors?

Maigret en revenait à son point de départ.

— Boulay aurait-il été capable de descendre
Mazotti?

— Je vous ai répondu que c'était un amateur.
L'affaire de Mazotti n'est pas une affaire d'amateur, vous le savez aussi bien que moi. Ce ne sont
pas non plus ses dockers qui auraient travaillé de
cette façon-là...

— Deuxième question...

— Combien y en a-t-il?

— C'est peut-être la dernière.

Les plâtriers écoutaient en échangeant des clins d'œil.

— Allez-y ! Je verrai si je peux répondre.

— Vous venez d'admettre que le succès d'Emile ne faisait pas plaisir à tout le monde...

— Le succès de quelqu'un ne fait jamais plaisir aux autres...

— Seulement, il s'agit d'un milieu où l'on joue serré et où les places sont chères...

— Adjugé ! Ensuite ?

— Croyez-vous qu'Emile ait été tué par un collègue ?

— Je vous ai déjà répondu aussi.

— Comment ?

— Ne vous ai-je pas dit que ce n'était pas agréable d'avoir un mort chez soi pendant deux ou trois jours, surtout par le temps qu'il fait ?... Mettons que les gens dont vous parlez sont des sensibles... Ou encore qu'ils soient assez surveillés pour ne pas prendre de risques... Comment a-t-il été tué ?

De toute façon, l'histoire serait dans les journaux de l'après-midi.

— Etranglé.

— Alors, la réponse est encore plus catégorique, et vous savez pourquoi... Mazotti, c'était du travail propre... Si les gens d'ici avaient voulu supprimer Emile, ils l'auraient fait de la même manière... Est-ce que vous avez retrouvé ceux qui ont réglé son compte à Mazotti ?.. Non !... Et,

malgré vos indicateurs, vous ne les aurez pas...
Tandis que votre histoire d'homme qu'on
étrangle, qu'on garde chez soi pendant trois jours
et qu'on va déposer le long du mur d'un cimetière, ça sent mauvais, c'est le cas de le dire...
Voilà pour la deuxième question...

— Je vous remercie !

— Pas de quoi. Un autre ?

Il tenait la bouteille en suspens au-dessus du
verre.

— Pas ce matin...

— Ne me dites pas que vous comptez revenir...
Je n'ai rien contre vous personnellement mais,
dans le métier, on aime mieux ne pas vous voir
trop souvent...

— Combien vous dois-je ?

— La seconde tournée est pour moi... Le jour
où il m'a interrogé pendant trois heures, votre
inspecteur m'a offert un verre de bière et un
sandwich...

Dehors, Maigret et Lucas gardèrent longtemps
le silence. Maigret, à certain moment, leva le bras
pour arrêter un taxi et l'inspecteur dut lui rappeler qu'ils étaient venus avec une voiture de la P.J.
Ils la retrouvèrent et y prirent place.

— Chez moi... grommela Maigret.

Il n'avait aucune raison sérieuse de déjeuner
dehors. A vrai dire, il ne savait pas encore par
quel bout prendre l'affaire. Jo-le-Catcheur n'avait
fait que lui confirmer ce qu'il pensait depuis le

matin et il n'ignorait pas que Jo s'était montré
sincère.

C'était vrai qu'Emile Boulay était un amateur
qui s'était paradoxalement incrusté en plein
Montmartre.

Et, chose curieuse, il semblait bien avoir été
tué par un autre amateur.

— Et toi? demanda-t-il à Lucas.

Celui-ci comprit le sens de la question.

— Les trois femmes sont bien connues des
commerçants du quartier. On les appelle les Italiennes. On se moque un peu de la vieille et de sa
façon de baragouiner le français. On connaît
moins Ada, qui se montre rarement chez les commerçants et qu'on voyait passer en compagnie de
son beau-frère...

« Les gens que j'ai questionnés ne savent pas
encore... La famille a l'air portée sur la table... A
en croire le boucher, c'est inouï ce qu'ils peuvent
manger, et ils exigent les meilleurs morceaux...
L'après-midi, Marina va se promener au square
d'Anvers, poussant la voiture du bébé d'une
main, tenant le garçon de l'autre...

— Ils n'ont pas de bonne?

— Seulement une femme de ménage trois fois
par semaine...

— Tu as son nom et son adresse?

Lucas rougit.

— Je pourrai les avoir cet après-midi...

— Qu'est-ce qu'on raconte encore?

— La femme du poissonnier m'a dit :

« — Pour un malin, c'est un malin... »

« Elle parlait d'Emile, bien entendu.

« — Il a épousé l'aînée quand elle avait dix-neuf ans... Lorsqu'il a vu qu'elle commençait à prendre du poids, il a fait venir la jeune sœur... Je parie qu'il trouvera une autre sœur ou une cousine en Italie quand Ada engraissera à son tour... »

Maigret y avait pensé aussi. Ce n'était pas la première fois qu'il voyait un mari amoureux de sa belle-sœur.

— Essaie de te renseigner davantage sur Ada... De savoir, en particulier, si elle a un ami ou un amant...

— Votre impression, patron?

— Non. Mais on ne peut rien négliger... J'aimerais aussi en connaître davantage sur Antonio... Si tu allais cet après-midi te promener rue de Ponthieu...

— D'accord...

Lucas arrêtait la voiture devant l'immeuble que Maigret habitait et, en levant la tête, celui-ci apercevait sa femme accoudée à la fenêtre. Elle lui adressa un signe discret de la main. Il lui en adressa un autre et s'engagea dans l'escalier.

4

Quand le télé-
phone sonna, Maigret, la bouche pleine, fit signe
à sa femme de répondre.

— Allô!... De la part de qui?... Oui, il est à
table... Je l'appelle...

Il la regardait, maussade, les sourcils froncés.

— C'est Lecoin...

Il se leva en mastiquant toujours et en empor-
tant sa serviette pour s'essuyer la bouche. Depuis
cinq minutes, justement, il pensait à son cama-
rade Lecoin, le chef de la Mondaine, à qui il se
promettait de rendre visite dans le courant de
l'après-midi. Les contacts de Maigret avec le
milieu de Montmartre, et de Pigalle en particulier, commençaient à dater tandis que Lecoin, lui,
était à jour.

— Allô!... Je t'écoute, oui... Mais non... Cela

ne fait rien... Je comptais passer te voir tout à l'heure...

Le chef de la Mondaine, qui avait une dizaine d'années de moins que Maigret, n'habitait pas loin du boulevard Richard-Lenoir, boulevard Voltaire, un appartement toujours plein de vacarme, car il avait six ou sept enfants.

— J'ai ici quelqu'un que tu connais certainement... expliquait-il. Il y a longtemps qu'il est un de mes indicateurs... Il préfère ne pas se montrer au Quai et, quand il a quelque chose à me dire, il vient me voir chez moi... Il se fait qu'aujourd'hui c'est plutôt toi que son tuyau intéresse... Bien entendu, je ne sais pas ce que ça vaut... Quant au bonhomme, à part les fioritures qu'il ajoute volontiers, car c'est un artiste dans son genre, on peut se fier à lui...

— Qui est-ce?

— Louis Boubée, dit Mickey, pisteur dans un cabaret de...

— Envoie-le-moi tout de suite...

— Cela ne t'ennuie pas qu'il aille chez toi?

Maigret acheva son déjeuner rapidement et, quand la sonnerie de la porte d'entrée retentit, on venait de lui servir son café qu'il emporta dans le salon.

Il y avait des années qu'il n'avait pas vu le surnommé Mickey, mais il le reconnut tout de suite. Il ne pouvait d'ailleurs pas en être autrement, car Boubée était un être assez extraordinaire. Quel âge pouvait-il avoir à présent? Le

commissaire essayait de calculer. Il était encore
un assez jeune inspecteur quand son visiteur travaillait déjà comme chasseur à Montmartre.

Boubée n'avait pas grandi d'un pouce. Il avait
toujours la taille d'un enfant de douze ou treize
ans et, le plus extraordinaire, c'est qu'il en gardait l'aspect. Un gamin maigre, aux larges
oreilles décollées, au grand nez pointu, à la
bouche gouailleuse qu'on eût dite en caoutchouc.

Il fallait y regarder de plus près pour découvrir
que son visage était finement ridé.

— Cela fait un bout de temps... s'exclamait-il
en regardant autour de lui, sa casquette à la
main. Vous vous souvenez du Tripoli et de la
Tétoune?

A deux ou trois ans près, les deux hommes
devaient avoir le même âge.

— C'était le bon temps, dites donc!...

Il faisait allusion à une brasserie qui existait
jadis rue Duperré, à portée de pierre du Lotus, et
qui avait eu, avant la guerre, tout comme sa
patronne, son heure de célébrité.

La Tétoune était une opulente Marseillaise qui
passait pour faire la meilleure cuisine méridionale
de Paris et qui avait l'habitude d'accueillir ses
clients par de gros baisers et de les tutoyer.

C'était une tradition, en arrivant, d'aller la
voir dans sa cuisine, et on rencontrait chez elle
une clientèle inattendue.

— Vous vous souvenez de Gros-Louis, qui
était propriétaire des trois maisons de la rue de

Provence? Et d'Eugène-le-Borgne? Et du beau Fernand, qui a fini au cinéma?...

Maigret savait qu'il était vain de demander à Mickey d'en venir au fait. C'était une coquetterie de sa part : il voulait bien fournir des renseignements à la police, mais à sa façon, sans en avoir l'air.

Les hommes dont il parlait étaient les grands patrons du milieu d'alors, les propriétaires de maisons closes, qui existaient encore, et ils se retrouvaient chez la Tétoune. Ils y coudoyaient leurs avocats, pour la plupart des maîtres du Barreau et, la mode aidant, on y rencontrait aussi des actrices et même des ministres.

— En ce temps-là, je prenais les paris sur les combats de boxe...

Une autre particularité de Mickey, c'est que l'absence de cils et de sourcils lui donnait un regard étrange.

— Depuis que vous êtes le grand patron de la criminelle, on ne vous voit plus guère à Montmartre... M. Lecoin, lui, y vient de temps en temps... Il m'arrive, comme jadis avec vous, de lui rendre un petit service en passant... Vous savez, on entend tant de choses...

Ce qu'il n'ajoutait pas, c'est qu'il avait grand besoin que la police ferme les yeux sur certaines de ses activités. Les clients du Lotus, qui lui donnaient un pourboire en sortant, ne se doutaient pas que Mickey travaillait aussi à son compte.

Il lui arrivait de glisser à l'oreille de certains
d'entre eux :

— Tableaux vivants, monsieur?

Il pouvait le dire dans une dizaine de langues,
avec un clin d'œil explicatif. Après quoi il glis-
sait dans la main de l'homme l'adresse d'un appartement proche.

Ce n'était d'ailleurs pas bien méchant. Ce
qu'on y voyait en grand mystère, c'était à peu
près, en plus poussiéreux, en plus sordide, le
même spectacle qu'offrait n'importe quel cabaret
de Pigalle. Avec la différence que les femmes
n'avaient plus vingt ans, mais souvent le double
ou davantage.

— Votre inspecteur, le petit gros...

— Lucas...

— Oui... Il m'a convoqué il y a environ trois
semaines, après la mort de Mazotti, mais je ne
savais pas grand-chose...

Il y venait doucement, à sa façon.

— Je lui ai dit que ce n'était sûrement pas un
coup de mon patron, et je ne me trompais pas...
Maintenant, j'ai un tuyau. Comme vous avez toujours été compréhensif avec moi, je vous le donne,
pour ce qu'il vaut, bien entendu... Ce n'est pas à
la police que je parle, comprenez-moi bien... C'est
à un homme que je connais depuis longtemps...
Nous causons... On se met par hasard à parler de
Mazotti qui, entre nous, ne faisait pas le
poids...

» Alors, moi, je vous répète ce qu'on m'a dit...

Ce n'est pas la peine de chercher à Pigalle celui qui a fait le coup... A Pâques... Quand est-ce que Pâques tombait, cette année?... »

— Fin mars...

— Bon! A Pâques donc, Mazotti, qui était un petit truand de rien du tout, mais qui voulait faire croire qu'il était un homme, est descendu à Toulon... Il y a rencontré la belle Yolande... Vous connaissez?... C'est la femme à Mattei... Et Mattei, c'est le chef des Faux-Nez de Marseille, qui ont réussi une vingtaine de hold-up avant de se faire agrafer... Vous suivez?

» Mattei est en cabane... Mazotti, qui croyait que tout lui était permis, est revenu à Paris avec la Yolande... Maintenant, je n'ai pas besoin de vous faire un dessin... Il y a encore des hommes de Mattei à Marseille, et deux ou trois d'entre eux sont montés à Paris pour régler l'affaire... »

C'était plausible. Cela expliquait la façon dont l'affaire de la rue de Douai s'était déroulée. Du travail de professionnels, sans bavures.

— J'ai pensé que cela vous intéresserait et, ne connaissant pas votre adresse, je suis allé voir votre collègue...

Mickey ne faisait pas mine de s'en aller, ce qui signifiait qu'il n'avait pas vidé son sac ou qu'il s'attendait à des questions. En effet, Maigret lui demanda, l'air innocent :

— Vous connaissez la nouvelle?

— Quelle nouvelle? questionna l'autre avec
autant de candeur.

Puis, tout de suite, il sourit malicieusement.

— Vous voulez parler de M. Emile? Je me suis
laissé dire qu'on l'avait retrouvé...

— Vous êtes allé chez Jo, tout à l'heure?

— On n'est pas très amis, Jo et moi, mais la
nouvelle a fait du chemin...

— Ce qui est arrivé à Emile Boulay m'intéresse plus que l'affaire Mazotti...

— Alors, là, monsieur le commissaire, je suis
obligé de vous dire que je ne sais rien... Et c'est
la vérité vraie...

— Qu'est-ce que vous pensez de lui?

— Ce que j'ai dit à M. Lucas... Ce que tout le
monde en pense...

— C'est-à-dire?

— Il faisait son métier à son idée, mais il était
régulier...

— Vous vous souvenez de la soirée de
mardi?

— J'ai une assez bonne mémoire...

Il souriait tout le temps, comme si chacune de
ses paroles méritait d'être soulignée, et il avait la
manie de faire des clins d'œil.

— Il ne s'est rien passé de spécial?

— Cela dépend de ce que vous considérez
comme spécial... M. Emile est venu vers neuf
heures avec Mlle Ada pour la mise en place,
comme tous les soirs... Vous connaissez ça...
Ensuite, il est allé jeter un coup d'œil au Train

Bleu et il est passé aussi rue Notre-Dame-de-Lorette...

— A quelle heure l'avez-vous revu?

— Attendez... L'orchestre avait commencé à jouer... Il devait donc être passé dix heures... La boîte était à peu près vide... On a beau faire du bruit pour attirer les clients, ils n'arrivent guère qu'après le cinéma et le théâtre...

— Sa secrétaire est restée avec lui?

— Non... Elle s'est dirigée vers l'appartement...

— Vous l'avez vue entrer dans la maison?

— Je crois que je l'ai suivie des yeux, car c'est une belle fille et je lui fais toujours un brin de cour, mais je ne pourrais pas le jurer...

— Et Boulay?

— Il est rentré au Lotus pour téléphoner.

— Comment savez-vous qu'il a téléphoné?

— C'est Germaine, la fille du vestiaire, qui me l'a dit... Le téléphone est près du vestiaire... La cabine a une porte vitrée... Il a composé un numéro qui n'a pas répondu et quand il est sorti il avait l'air contrarié...

— Pourquoi cela a-t-il frappé la dame du vestiaire?

— Parce que, d'habitude, quand il lui arrivait de téléphoner le soir, c'était à un de ses cabarets, ou à son beau-frère, et que cela répondait toujours... En outre, un quart d'heure plus tard, il a remis ça...

— Toujours sans résultat?

— Oui... Il appelait donc quelqu'un qui n'était pas chez lui et cela semblait l'impatienter... Entre les appels, il allait rôder dans la salle... Il a fait des observations à une danseuse dont la robe était défraîchie et s'est montré désagréable avec le barman...

» Après un troisième ou un quatrième essai, il est venu prendre l'air sur le trottoir... »

— Il vous a parlé?

— Vous savez, il n'était pas bavard... Il se plantait comme ça devant la porte... Il regardait le ciel, le mouvement des voitures, et il pouvait dire si on ferait le plein ou non...

— Il a fini par obtenir sa communication?

— Vers onze heures...

— Il est parti?

— Pas tout de suite... Il est revenu sur le trottoir... C'était une de ses habitudes... Deux ou trois fois, je l'ai vu tirer sa montre de sa poche... Enfin, après une vingtaine de minutes, il s'est mis à descendre la rue Pigalle...

— Autrement dit, il avait un rendez-vous...

— Je vois que nous avons la même idée...

— Il paraît qu'il ne prenait presque jamais de taxis...

— C'est vrai... Depuis son accident, il n'aimait pas les automobiles... Il préférait le métro...

— Vous êtes sûr qu'il s'est dirigé vers le bas de la rue Pigalle? Pas vers le haut?

— Certain!

— S'il avait dû prendre le métro, il aurait remonté la rue...

— C'est ce qu'il faisait quand il allait jeter un coup d'œil rue de Berri...

— De sorte que, selon toutes probabilités, son rendez-vous était dans le quartier...

— J'ai d'abord pensé qu'il se rendait au Saint-Trop', rue Notre-Dame-de-Lorette, mais on ne l'y a pas vu...

— Vous croyez qu'il avait une maîtresse?

— Sûrement pas.

Et, avec un nouveau clin d'œil, le gamin rata-tiné ajoutait :

— Vous savez, j'ai une certaine expérience... Je suis un peu du métier, pas vrai?

— Où habite M. Raison?

La question surprit Mickey.

— Le comptable? Il habite depuis au moins trente ans le même immeuble, boulevard Roche-chouart...

— Seul?

— Bien sûr!... Lui non plus, croyez-moi, n'a pas de maîtresse... Ce n'est pas qu'il crache sur les femmes, mais ses moyens ne sont pas à la hauteur de ses désirs et il se contente de chiffon-ner les filles qui viennent lui demander une avance dans son bureau...

— Vous savez ce qu'il fait le soir?

— Il joue au billard, toujours dans le même café, au coin du square d'Anvers... Il n'y a plus

tant de billards dans le quartier... C'est presque
un champion...

Encore une perspective qui semblait se fermer.
Maigret questionnait néanmoins, ne voulant rien
laisser dans l'ombre :

— D'où sort ce M. Raison?

— De la banque... Il était caissier, depuis je
ne sais combien d'années, à la succursale où le
patron avait son compte, rue Blanche... Je suppose qu'il lui a donné des tuyaux... M. Emile
avait besoin de quelqu'un de sûr pour la comptabilité car, dans le métier, il y a facilement du
coulage... J'ignore combien il le paie, mais cela
doit être assez gros, puisque M. Raison a quitté
la banque...

Maigret en revenait toujours au mardi soir.
Cela devenait une obsession. Il finissait par avoir
devant les yeux le maigre M. Emile stationnant
sous l'enseigne lumineuse du Lotus, regardant
parfois sa montre, se dirigeant enfin d'un pas
décidé vers le bas de la rue Pigalle.

Il n'allait pas loin, sinon il aurait pris le métro
dont il n'était qu'à cent mètres. S'il avait eu
besoin d'un taxi, malgré sa répugnance pour les
voitures, il en passait sans cesse devant son cabaret.

Une sorte de plan se formait dans l'esprit de
Maigret, celui d'une petite portion de Paris à
laquelle tout le ramenait. Les trois cabarets de
l'ancien maître d'hôtel étaient proches les uns des

autres et seul le Paris-Strip, dirigé par Antonio, faisait exception.

Boulay et ses trois Italiennes habitaient rue Victor-Massé. Le bar de Jo-le-Catcheur, au seuil duquel Mazotti avait été abattu, était presque visible de l'entrée du Lotus.

La banque où Emile avait son compte n'était guère plus loin et le comptable, enfin, habitait le quartier.

C'était un peu comme un village, dont Emile Boulay sortait à peine, comme à regret.

— Vous n'avez aucune idée de la personne avec laquelle il pouvait avoir rendez-vous?

— Je le jure...

Mickey avouait après un silence :

— J'ai cherché aussi, par pure curiosité... J'aime bien comprendre... Dans mon métier, il est indispensable de comprendre, n'est-ce pas?...

Maigret se levait en soupirant. Il ne voyait aucune autre question à poser. Le pisteur lui avait appris un certain nombre de détails qu'il ignorait et qu'il aurait pu ignorer longtemps, mais ces détails n'expliquaient toujours pas la mort de Boulay, encore moins le fait, presque incroyable, qu'on avait gardé son corps pendant trois nuits et deux journées entières avant de le déposer en bordure du Père-Lachaise.

— Je vous remercie, Boubée...

Et le petit homme, au moment de sortir :

— Vous ne vous intéressez toujours pas à la
boxe?

— Pourquoi?

— Parce qu'il y a un combat, demain, sur
lequel j'ai un tuyau... Au cas où vous vou-
driez...

— Merci...

Il ne lui donna pas d'argent. Ce n'était pas
pour de l'argent que Mickey vendait ses services,
mais en échange d'une certaine indulgence.

— Si j'apprenais quelque chose, je vous télé-
phonerais...

Trois quarts d'heure plus tard, dans son
bureau de la P.J., Maigret crayonnait sur une
feuille de papier, sonnait le bureau des inspecteurs, se faisait envoyer Lapointe.

Celui-ci n'avait pas besoin de regarder le
patron deux fois pour savoir où il en était. Nulle
part! Il avait son air lourd, têtu, des plus mauvais moments d'une enquête, quand on ne sait par
quel bout la prendre et qu'on essaie, sans
confiance, dans toutes les directions.

— Tu iras boulevard Rochechouart te renseigner sur un certain M. Raison... C'est le comptable du Lotus et des autres boîtes appartenant à
Emile Boulay... Il paraît qu'il joue au billard
tous les soirs dans un café du square d'Anvers,
j'ignore lequel, mais tu le trouveras... Essaie
d'en apprendre le plus possible sur lui, sur ses
habitudes... Je voudrais surtout savoir s'il était

au café mardi soir, à quelle heure il en est sorti, à
quelle heure il est rentré chez lui...

— J'y vais, patron...

Lucas, pendant ce temps-là, s'occupait d'Ada,
et aussi d'Antonio. Maigret, pour calmer son
impatience, se plongea dans ses dossiers administratifs. Vers quatre heures et demie, il en eut
assez et, remettant son veston, il alla boire un
demi, solitaire, à la Brasserie Dauphine. Il faillit
en commander un second, non par soif, mais pour
défier son ami Pardon qui lui avait recommandé
l'abstinence.

Il avait horreur de ne pas comprendre. Cela
devenait une affaire personnelle. Il en revenait
toujours aux mêmes images : Emile Boulay, en
complet bleu, sur le seuil du Lotus, rentrant dans
le cabaret, téléphonant, n'obtenant pas la communication, tournant en rond, téléphonant encore,
puis encore, sous le regard indifférent de la
demoiselle du vestiaire.

Ada était rentrée chez elle. Antonio s'occupait
des premiers clients, rue de Berri. Dans les
quatre cabarets, les barmen rangeaient leurs
verres, leurs bouteilles, les musiciens essayaient
leurs instruments, les filles se harnachaient dans
des loges sordides avant de prendre leur place
devant les guéridons.

Boulay parlait enfin à son correspondant, mais
il ne partait pas tout de suite. Le rendez-vous
n'était donc pas immédiat. On lui avait fixé une
heure déterminée.

Il attendait à nouveau devant la porte, tirait plusieurs fois sa montre de sa poche et, tout à coup, se dirigeait vers le bas de la rue Pigalle...

Il avait dîné à huit heures. D'après le médecin légiste, il était mort quatre ou cinq heures plus tard, c'est-à-dire entre minuit et une heure du matin.

Au moment où il quittait le Lotus, il était onze heures et demie.

Il lui restait entre une demi-heure et une heure et demie à vivre.

Or, il n'était pour rien dans la mort de Mazotti. Ce qui restait de la bande du Corse ne l'ignorait pas et n'avait aucune raison de le supprimer.

Enfin, personne, dans le milieu, ne s'y serait pris comme l'assassin d'Emile s'y était pris, l'étranglant, conservant son corps pendant deux jours et courant ensuite le risque d'aller le déposer rue des Rondeaux...

Ada n'était au courant d'aucun rendez-vous de son patron. M. Raison non plus. Antonio prétendait n'en pas savoir davantage. Mickey lui-même, qui avait de bonnes raisons de se renseigner sur tout ce qui se passait, nageait sur ce point.

Maigret arpentait son bureau, maussade, le tuyau de sa pipe serré entre ses dents, quand Lucas frappa à la porte, et il n'avait pas l'air triomphant de quelqu'un qui vient de faire une découverte.

Maigret se contenta de le regarder en silence.

— Je n'en sais guère plus que ce matin, patron... Sinon qu'Antonio n'a pas quitté son cabaret mardi soir, ni à aucun moment au cours de la
nuit...

Parbleu ! Cela aurait été trop facile.

— J'ai vu sa femme, une Italienne qui attend
un bébé... Ils occupent un coquet appartement
rue de Ponthieu...

Le regard vide du commissaire mettait Lucas
mal à l'aise.

— Ce n'est pas ma faute... Tout le monde les
aime bien... J'ai parlé à la concierge, aux fournis-
seurs, aux voisins du cabaret... Puis je suis
retourné rue Victor-Massé... J'ai demandé au
comptable, que j'ai trouvé dans son bureau,
l'adresse de quelques-unes des artistes qui tra-
vaillent au Lotus et font leur numéro dans les
autres boîtes.. Deux d'entre elles dormaient encore, dans le même hôtel...

Il avait l'impression de parler à un mur et
parfois Maigret lui tournait le dos pour regarder
couler la Seine.

— Une autre, qui a un logement rue Lepic, a
un bébé et...

Lucas se troubla, tant le commissaire paraissait
exaspéré.

— Je ne peux vous dire que ce que je sais...
Elles sont plus ou moins jalouses d'Ada, bien
entendu... Elles ont l'impression que, tôt ou
tard, elle serait devenue la maîtresse du patron,
mais que ce n'était pas encore fait... Sans comp-

ter que, paraît-il, cela n'aurait pas été tout seul
avec Antonio...

— C'est tout?

Lucas écartait les mains d'un geste décou-
ragé.

— Qu'est-ce que je fais, maintenant?

— Ce que tu voudras.

Maigret rentra chez lui de bonne heure, après
s'être penché encore un moment, grognon, sur
cette désagréable histoire de réorganisation des
services qui ne se ferait quand même pas dans le
sens qu'il suggérait.

Des rapports, toujours des rapports! On lui
demandait son avis. On le priait de dresser des
plans détaillés. Puis cela s'arrêtait quelque part
dans la hiérarchie administrative et on n'en
entendait plus parler. A moins qu'on ne prenne
des dispositions contraires à celles qu'il avait pro-
posées.

— Je sors, ce soir... annonça-t-il à sa femme
d'une voix bourrue.

Elle savait qu'il valait mieux ne pas lui en
demander davantage. Il se mettait à table, regardait la télévision en grommelant de temps en
temps :

— C'est idiot!...

Puis il passa dans la chambre à coucher pour
changer de chemise et de cravate.

— J'ignore quand je rentrerai... Je vais à
Montmartre, dans les boîtes de nuit...

On aurait dit qu'il essayait de la rendre jalouse
et qu'il était vexé de la voir sourire.

— Tu devrais emporter ton parapluie... La
radio annonce des orages...

Au fond, s'il était de si mauvaise humeur, c'est
qu'il avait l'impression de battre un beurre par sa
faute. Il était sûr qu'à un certain moment de la
journée, il n'aurait pas pu préciser lequel, il avait
été sur le point de partir sur la bonne piste.

Quelqu'un lui avait dit quelque chose de significatif. Mais qui? Il avait vu tellement de
monde!

Il était neuf heures quand il prit un taxi, neuf
heures vingt quand il arriva en face du Lotus, où
Mickey l'accueillit avec un clin d'œil complice et
lui ouvrit la portière de velours rouge.

Les musiciens en smoking blanc n'étaient pas
encore à leur place et bavardaient dans un coin.
Le barman essuyait les verres de son étagère.
Une belle fille rousse, en grand décolleté, se
limait les ongles dans un coin.

Personne ne lui demandait ce qu'il venait faire,
comme si chacun était au courant. On se contentait de lui lancer des coups d'œil curieux.

Les garçons posaient des seaux à champagne
sur les tables. Ada, en tailleur sombre, sortait de
la pièce du fond, un carnet et un crayon à la
main, apercevait Maigret et, après une hésitation,
se dirigeait vers lui.

— C'est mon frère qui m'a conseillé d'ouvrir
les cabarets... expliqua-t-elle avec un certain

embarras. Au fond, personne d'entre nous ne sait
au juste ce que nous devons faire... Il paraît que
ce n'est pas la coutume, en cas de décès, de fermer...

Regardant le carnet et le crayon, il interro-
geait :

— Qu'étiez-vous en train de faire?

— Ce que mon beau-frère faisait chaque soir à
cette heure-ci... Vérifier avec les barmen et les
maîtres d'hôtel les provisions de champagne et de
whisky... Ensuite, organiser les déplacements des
artistes d'un cabaret à l'autre... Elles ne sont
jamais au complet... Chaque jour, il faut apporter
des changements au dernier moment... Je suis
passée au Train Bleu...

— Comment va votre sœur?

— Elle est très éprouvée... Heureusement
qu'Antonio a passé avec nous l'après-midi... Les
hommes des pompes funèbres sont venus... On
doit ramener le corps à la maison demain dans la
matinée... Le téléphone n'a pas cessé de sonner...
Il a fallu aussi s'occuper des faire-part...

Elle ne perdait pas la tête et, tout en parlant,
ainsi que Boulay l'aurait fait, elle avait l'œil à la
mise en place. Elle s'interrompit même pour dire
à un jeune maître d'hôtel :

— Non, Germain... Pas encore de glace dans
les seaux...

Un nouveau, sans doute !

Maigret demanda à tout hasard :

— Il a laissé un testament?

— Nous n'en savons rien et cela nous complique les choses, car nous ne savons pas quelles dispositions prendre...

— Il avait un notaire?

— Pas à ma connaissance... Sûrement pas... J'ai téléphoné chez son avocat, M⁰ Jean-Charles Gaillard, mais il n'est pas chez lui... Il est parti de bonne heure ce matin pour Poitiers, où il devait plaider, et il ne rentrera pas avant la fin de la soirée.

Qui donc lui avait déjà parlé d'avocat? Maigret cherchait dans sa mémoire, retrouvait l'image peu appétissante de M. Raison, dans son petit bureau de l'entresol. De quoi était-il question à ce moment-là? Maigret avait demandé si certains payements ne s'effectuaient pas de la main à la main, afin d'éviter les impôts.

Il retrouvait l'enchaînement de la conversation. Le comptable avait affirmé que M. Emile n'était pas homme à tricher et à risquer des ennuis, qu'il tenait à ce que tout soit régulier et que ses déclarations de revenus étaient établies par son avocat...

— Vous pensez que c'est à lui que votre beau-frère se serait adressé pour son testament?

— Il lui demandait conseil pour tout... N'oubliez pas que, quand il a débuté, il ne connaissait rien aux affaires... Lorsqu'il a ouvert le Train Bleu, des voisins lui ont intenté un procès, je ne sais plus pourquoi... Probablement parce que la musique les empêchait de dormir...

— Où habite-t-il?

— Me Gaillard?... Rue La Bruyère, un petit hôtel particulier vers le milieu de la rue...

Rue La Bruyère! A cinq cents mètres à peine du Lotus. Pour s'y rendre, il suffisait de descendre la rue Pigalle, de traverser la rue Notre-Dame-de-Lorette et, un peu plus bas, de tourner à gauche.

— Votre beau-frère le voyait souvent?

— Une ou deux fois par mois...

— Le soir?

— Non. Dans le courant de l'après-midi. Généralement après six heures, quand Me Gaillard revenait du Palais...

— Vous l'accompagniez?

Elle faisait non de la tête.

C'était peut-être ridicule, mais le commissaire avait perdu son air grognon.

— Je peux téléphoner?

— Préférez-vous monter au bureau, ou téléphoner de la cabine?

— De la cabine...

Comme Emile Boulay l'avait fait, à la différence que Boulay n'avait commencé à composer un numéro que vers dix heures du soir. Par la vitre, il voyait Germaine, la demoiselle du vestiaire, qui classait des cartons roses dans une vieille boîte à cigares.

— Allô! Je suis bien chez Me Gaillard?

— Non, monsieur... Vous êtes à la pharmacie Lecot...

— Je vous demande pardon...

Il avait dû se tromper d'un chiffre. Il recommença, plus attentif, entendit une sonnerie lointaine. Une minute, deux minutes s'écoulèrent et personne ne répondit.

Trois fois, il refit le même numéro sans plus de succès. Quand il sortit de la cabine, il chercha Ada des yeux, finit par la trouver dans la loge où deux femmes se déshabillaient. Elles ne firent pas attention à lui et ne cherchèrent pas à cacher leurs seins nus.

— M° Gaillard est célibataire?

— Je ne sais pas. Je n'ai jamais entendu parler de sa femme. Il en a peut-être une. Je n'ai pas eu l'occasion d'aller chez lui.

Un peu plus tard, Maigret, sur le trottoir, questionnait Mickey.

— Vous connaissez Jean-Charles Gaillard?

— L'avocat? Je le connais de nom. C'est lui qui a défendu le grand Lucien, il y a trois ans, et qui l'a fait acquitter.

— C'était aussi l'avocat de votre patron...

— Cela ne me surprend pas... Il passe pour fortiche...

— Vous savez s'il est marié?

— Je vous demande pardon, monsieur Maigret, mais, ces gens-là, ce n'est pas mon rayon et, avec la meilleure volonté du monde, je ne peux rien vous dire...

Le commissaire retourna dans la cabine, composa le même numéro, sans résultat.

Alors, à tout hasard, il appela un membre du Barreau qu'il connaissait de longue date, Chavanon, et il eut la chance de le trouver chez lui.

— Ici, Maigret... Non, je n'ai pas de client pour vous dans mon bureau... Je ne suis d'ailleurs pas quai des Orfèvres... Je voudrais un renseignement... Vous connaissez M⁰ Jean-Charles Gaillard?

— Comme tout le monde... Je le rencontre au Palais et j'ai eu une fois l'occasion de déjeuner avec lui... Mais c'est un monsieur trop important pour le tâcheron que je suis...

— Marié?

— Je crois, oui... Attendez... J'en suis certain, à présent... Il a épousé, peu après la guerre, une chanteuse ou une danseuse du Casino de Paris... Enfin, c'est ce que je me suis laissé dire...

— Vous ne l'avez jamais vue? Vous n'êtes pas allé chez lui?

— On ne m'y a pas invité...

— Ils ne sont pas divorcés?... Ils vivent ensemble?...

— Autant que je sache...

— Vous ignorez, je suppose, si elle l'accompagne lorsqu'il va plaider en province?

— Ce n'est guère l'habitude...

— Je vous remercie...

Il rappelait, en vain, la rue La Bruyère, et la

demoiselle du vestiaire le regardait de plus en plus curieusement.

Enfin, il se décidait à quitter le Lotus et, après un petit signe à Mickey, descendait lentement la rue Pigalle. Rue La Bruyère, il ne tardait pas à repérer un hôtel particulier qui n'était, en somme, qu'une maison bourgeoise comme on en trouve beaucoup en province et comme il en reste dans certains quartiers de Paris.

Toutes les fenêtres étaient obscures. Une plaque de cuivre portait le nom de l'avocat. Il poussa le bouton qui se trouvait au-dessus de cette plaque et une sonnerie retentit à l'intérieur.

Rien ne bougea. Il sonna, deux fois, trois fois, aussi vainement qu'il avait téléphoné.

Pourquoi traversa-t-il la rue afin de regarder la maison dans son ensemble?

Au moment où il levait la tête, un rideau bougea, à une fenêtre du premier étage qui n'était pas éclairée, et il aurait juré qu'un instant il avait aperçu un visage.

CHAPITRE

5

ON AURAIT PU
croire que Maigret jouait les patrons de boîtes de
nuit et que, malgré la différence de carrure et de
poids, il s'ingéniait à imiter Emile Boulay. Sans
se presser, il déambulait dans les quelques rues
qui formaient l'univers de l'ancien maître d'hôtel
de la Transat et ces rues, au cours des heures,
changeaient de physionomie. C'étaient d'abord les
enseignes au néon qui devenaient plus nombreuses, les portiers galonnés qui apparaissaient
sur les seuils.

Non seulement les jazz des cabarets, sourdant
des portes, donnaient à l'air une vibration différente, mais les passants étaient différents et les
taxis de nuit commençaient à déverser leur clientèle tandis qu'une faune nouvelle passait et repassait de l'ombre à la lumière.

Des femmes l'interpellèrent. Il marchait les

mains derrière le dos. Est-ce que M. Emile marchait aussi les mains derrière le dos? En tout cas,
il ne fumait pas, comme le commissaire. Il suçait
des bonbons à la menthe.

Maigret descendait, rue Notre-Dame-de-
Lorette, jusqu'au Saint-Trop'. Il avait connu
jadis la boîte sous une autre enseigne, alors
qu'elle était surtout fréquentée par des dames en
smoking.

Montmartre avait-il tellement changé? Le rythme des orchestres n'était plus le même. Il y avait
davantage de néon, mais les personnages ressem-
blaient à ceux qu'il avait connus; quelques-uns
avaient seulement changé d'emploi, comme le
portier du Saint-Trop', qui salua familièrement le
commissaire.

C'était un colosse à barbe blanche, un réfugié
russe qui, pendant des années, dans un autre
cabaret du quartier, avait chanté de vieilles bal-
lades de son pays, d'une belle voix de basse, en
s'accompagnant à la balalaïka.

— Vous vous souvenez de la soirée de mardi
dernier?

— Je me souviens de toutes les soirées que
Dieu m'a permis de vivre, répondait l'ancien
général avec emphase.

— Votre patron est venu ici ce soir-là?

— Vers neuf heures et demie, avec la jolie
demoiselle.

— Vous voulez dire Ada? Il n'est pas revenu
seul par la suite?

— J'en fais le serment sur Saint-Georges !

Pourquoi sur Saint-Georges ? Maigret entrait, jetait un coup d'œil au bar, aux guéridons autour desquels les premiers clients baignaient dans une lumière orange. Il avait dû être annoncé car le personnel, maîtres d'hôtel, musiciens et entraîneuses, le suivait des yeux avec une curiosité mêlée d'un peu d'inquiétude.

Boulay s'attardait-il davantage ? Maigret repartait, adressait un signe à Mickey, en face du Lotus, un autre à la demoiselle du vestiaire à qui il demandait un jeton.

Dans la cabine vitrée, il appelait une fois de plus, sans succès, le numéro de la rue La Bruyère.

Puis il entrait au Train Bleu dont la décoration imitait l'ambiance d'un pullman. L'orchestre y jouait si fort qu'il battit en retraite, plongea dans le calme et l'obscurité de la seconde partie de la rue Victor-Massé, atteignit le square d'Anvers où seuls deux cafés étaient ouverts.

L'un, à l'enseigne de la Chope d'Anvers, ressemblait à une ancienne brasserie de province. Près des fenêtres, des habitués jouaient aux cartes et, dans le fond, on apercevait un billard autour duquel deux hommes aux mouvements presque solennels tournaient lentement.

L'un des deux était M. Raison, en manches de chemise. Son partenaire, au ventre énorme, un cigare entre les dents, portait des bretelles vertes.

Maigret n'entrait pas, restait là un moment, comme fasciné par le spectacle, alors qu'en réalité il pensait à autre chose, et il sursauta quand une voix fit près de lui :

— Bonsoir patron...

C'était Lapointe, qu'il avait chargé de s'occuper du comptable, et qui expliquait :

— J'allais justement rentrer chez moi... J'ai vérifié son emploi du temps de mardi... Il a quitté le café à onze heures et quart... Il ne reste jamais plus tard qu'onze heures et demie... Moins de dix minutes après, il était à son domicile...

« La concierge est catégorique... Elle n'était pas couchée car, ce soir-là, son mari et sa fille étaient au cinéma et elle les a attendus...

« Elle a vu M. Raison rentrer et elle est certaine qu'il n'est pas ressorti... »

Le jeune Lapointe était dérouté, car Maigret ne semblait pas l'écouter.

— Vous avez du nouveau? risqua-t-il. Désirez-vous que je reste avec vous?

— Non. Va te coucher...

Il préférait être seul pour recommencer la tournée et il ne tardait pas à remettre les pieds au Train Bleu, plus exactement à entrouvrir le rideau et à jeter un coup d'œil à l'intérieur comme certains clients qui s'assurent, avant d'entrer, qu'ils trouvent ce qu'ils y cherchent.

Le Lotus encore. Nouveau clin d'œil de Mickey, en conversation mystérieuse avec deux

Américains à qui il devait promettre des distrac-
tions inédites.

Maigret n'avait pas besoin de réclamer un jeton
de téléphone et la sonnerie retentit une fois de
plus dans la maison dont il connaissait à présent
la façade et où il était persuadé qu'un rideau
avait bougé.

Il tressaillit quand une voix d'homme pro-
nonça :

— J'écoute...

Il ne s'y attendait plus.

— Maître Jean-Charles Gaillard?

— C'est moi... Qui est à l'appareil?...

— Commissaire Maigret, de la P.J...

Un silence. Puis la voix, un peu impatiente :

— Eh bien! oui... J'écoute...

— Je vous demande pardon de vous déranger à
cette heure-ci...

— C'est un miracle que vous me trouviez... Je
rentre à l'instant de Poitiers par la route et je
jetais un coup d'œil sur mon courrier avant de
monter me coucher...

— Pourriez-vous   me   recevoir   quelques
minutes?

— Vous téléphonez du quai des Orfèvres?

— Non... Je suis à deux pas...

— Je vous attends...

Toujours Mickey sur le seuil, la rue de plus en
plus bruyante, une femme qui jaillissait d'une
encoignure et posait la main sur le bras du commissaire, reculait soudain en le reconnaissant.

— Il n'y a pas d'offense... balbutiait-elle.

Il retrouvait, comme une oasis, l'ambiance paisible de la rue La Bruyère où, devant la maison
de l'avocat, était rangée une grosse voiture américaine bleu pastel. Il y avait de la lumière au-
dessus de la porte. Maigret gravit les trois
marches du seuil et avant qu'il eût poussé le
bouton électrique, la porte s'ouvrit sur un vesti-
bule dallé de blanc.

Jean-Charles Gaillard était aussi grand, aussi
large d'épaules que le portier russe du Saint-
Trop'. C'était un homme de quarante-cinq ans
environ, au teint coloré, bâti en joueur de rugby,
qui avait dû être tout en muscles et qui commençait seulement à s'empâter.

— Entrez, commissaire...

Il refermait la porte, conduisait son hôte vers le
fond du couloir où il l'introduisait dans son
bureau. La pièce, assez vaste, confortablement
meublée, mais sans luxe tapageur, n'était éclairée
que par la lampe à abat-jour vert posée sur un
bureau en partie couvert de lettres qu'on venait
d'ouvrir.

— Asseyez-vous, je vous en prie... J'ai eu une
journée fatigante et j'ai rencontré un gros orage
sur la route, ce qui m'a retardé...

Maigret était fasciné par la main gauche de son
interlocuteur, à laquelle il manquait quatre
doigts. Il ne restait que le pouce.

— J'aimerais vous poser deux ou trois questions au sujet d'un de vos clients...

L'avocat était-il inquiet? Ou simplement curieux? C'était difficile à dire. Il avait les yeux bleus, des cheveux blonds taillés en brosse.

— Si le secret professionnel me permet de vous répondre... murmura-t-il en souriant.

Il avait fini par s'asseoir en face du commissaire et sa main droite jouait avec un coupe-papier d'ivoire.

— On a retrouvé ce matin le corps de Boulay...

— Boulay? répétait l'autre, comme s'il cherchait dans sa mémoire.

— Le patron du Lotus et de trois autres cabarets...

— Ah! oui... Je vois...

— Il vous a rendu visite récemment, n'est-ce pas?

— Cela dépend de ce que vous entendez par récemment...

— Mardi, par exemple...

— Mardi de cette semaine?

— Oui...

Jean-Charles Gaillard hochait la tête.

— S'il est venu, je ne l'ai pas vu... Il est possible qu'il soit passé alors que j'étais au Palais... Il faudra que je demande demain à ma secrétaire...

Regardant Maigret en face, il posait une question à son tour :

— Vous dites qu'on a retrouvé son corps... Le fait que vous êtes ici indique que la police

s'occupe de l'affaire... Dois-je en conclure qu'il
ne s'agit pas d'une mort naturelle?

— Il a été étranglé...

— Curieux...

— Pourquoi?

— Parce que, malgré son métier, c'était un
assez brave homme et que je ne lui connaissais
pas d'ennemis... Il est vrai qu'il n'était qu'un
client parmi beaucoup d'autres...

— Quand l'avez-vous vu pour la dernière
fois?

— Je dois pouvoir vous répondre avec précision... Un instant...

Il se levait, passait dans le bureau voisin où il
allumait les lampes, fouillait dans un tiroir et
revenait avec un carnet rouge.

— Ma secrétaire note tous mes rendez-vous...
Attendez...

Il feuilletait les pages en commençant par la
fin, murmurait des noms du bout des lèvres. Il
tourna ainsi une vingtaine de pages.

— Voilà!... Le 22 mai à cinq heures... Je
trouve la mention d'une autre visite le 18 mai à
onze heures du matin...

— Vous ne l'avez pas revu depuis le 22 mai?

— Pas que je m'en souvienne...

— Il ne vous a pas téléphoné?

— S'il a appelé mon cabinet, il n'a eu que ma
secrétaire au bout du fil et c'est elle qui pourra
vous répondre. Elle sera ici demain à neuf
heures...

— Vous vous occupiez de toutes les affaires de
Boulay?

— Cela dépend de ce que vous appelez toutes
ses affaires...

Il ajoutait en souriant :

— Votre question est dangereuse... Je ne suis
pas nécessairement au courant de toutes ses activités...

— C'était vous, paraît-il, qui établissiez ses
déclarations de revenus...

— Je ne vois pas d'inconvénient à répondre à
cette question-là... C'est exact... Boulay avait peu
d'instruction et aurait été incapable de s'en charger lui-même...

Encore un silence, après lequel il précisait :

— J'ajoute qu'il ne m'a jamais demandé de
tricher... Certes, comme tout contribuable, il
cherchait à payer le moins d'impôts possible,
mais en restant dans la légalité... Je ne me serais
pas chargé de ses affaires autrement...

— Vous m'avez signalé une visite qu'il vous a
faite le 18 mai... La nuit précédente, un certain
Mazotti avait été abattu non loin du Lotus...

Très calme, Gaillard allumait une cigarette,
tendait le coffret d'argent à Maigret, le retirait en
remarquant qu'il fumait sa pipe.

— Je ne vois aucun inconvénient à vous révéler
ce qu'il est venu faire. Mazotti avait essayé avec
lui le coup de la protection et, pour s'en débarrasser, Boulay s'était assuré l'aide de trois ou quatre
costauds de son Havre natal...

— Je suis au courant...

— Quand il a appris la mort de Mazotti, il s'est douté que la police allait l'interroger... Il n'avait rien à cacher, mais il craignait de voir son nom dans les journaux...

— Il vous a demandé conseil?

— Exactement. Je lui ai dit de répondre en toute franchise... Je crois, d'ailleurs, que cela lui a réussi... Si je ne me trompe, il a été convoqué une seconde fois au quai des Orfèvres, le 22 ou le 23, et il est à nouveau venu me voir avant cette entrevue... Je suppose qu'on ne l'a jamais soupçonné?... A mon sens, ce serait une erreur...

— Vous êtes sûr qu'il n'est pas revenu ici cette semaine, mardi par exemple?

— Non seulement j'en suis sûr, mais, encore une fois, le rendez-vous, si rendez-vous il y avait eu, serait enregistré dans ce carnet... Voyez vous-même...

Il le tendait au commissaire, qui évitait d'y toucher.

— Vous étiez chez vous mardi soir?

Cette fois, l'avocat fronça les sourcils.

— Cela commence à ressembler à un interrogatoire, remarqua-t-il, et j'avoue que je me demande ce que vous avez derrière la tête...

Haussant les épaules, il n'en finissait pas moins par sourire.

— En cherchant dans ma mémoire, je pourrai sans doute retrouver mon emploi du temps... Je passe la plupart de mes soirées dans ce bureau,

car c'est le seul moment où je sois tranquille pour
travailler... Le matin, les clients ne cessent pas
de défiler... L'après-midi, je suis souvent au
Palais...

— Vous n'avez pas dîné en ville?

— Je ne dîne presque jamais en ville... Voyez-
vous, je ne suis pas un avocat mondain...

— Mardi soir, donc?...

— Nous sommes vendredi, n'est-ce pas?...
Samedi, en réalité, puisqu'il est plus de minuit...
Ce matin, de très bonne heure, j'ai pris la route
pour Poitiers...

— Seul?

La question parut le surprendre.

— Seul, évidemment, puisque j'allais là-bas
pour plaider... Hier, je n'ai pas quitté mon cabinet de la soirée... En définitive, c'est un alibi que
vous voulez?...

Il gardait un ton léger, ironique.

— Ce qui m'intrigue, c'est que cet alibi
concerne la soirée de mardi, alors que la mort de
mon client, si j'ai bien compris, est toute
récente... Enfin!... Je suis comme le pauvre Boulay : je tiens à être en règle... Jeudi, pas de
sortie... Mercredi soir... Voyons!... Mercredi,
j'ai travaillé jusqu'à dix heures et, comme j'avais
un peu mal à la tête, je suis allé marcher dans le
quartier... Quant à mardi... J'ai plaidé l'après-
midi au civil... Une affaire embrouillée, qui
traîne depuis trois ans et qui est loin d'être terminée... Je suis rentré dîner.

— Avec votre femme?

Le regard de Gaillard s'appesantit sur le commissaire et il articula:

— Avec ma femme, oui...

— Elle est ici?

— Elle est là-haut...

— Elle est sortie ce soir?

— Elle ne sort pratiquement jamais, à cause de sa santé... Ma femme, depuis plusieurs années, est mal portante et souffre beaucoup...

— Je vous demande pardon...

— De rien... Donc, nous avons dîné... Je suis descendu dans ce cabinet, selon mon habitude... Bon! J'y suis... J'étais fatigué par mon après-midi au Palais... J'ai pris ma voiture avec l'idée de rouler une heure ou deux pour me détendre, ce qui m'arrive quelquefois... J'ai fait beaucoup de sport autrefois et le grand air me manque... En passant aux Champs-Élysées, j'ai vu qu'on donnait un film russe dont on m'avait dit du bien...

— Bref, vous êtes allé au cinéma...

— Exactement... Vous voyez qu'il n'y a aucun mystère... Après quoi, je suis allé prendre un verre au Fouquet's avant de rentrer...

— Personne ne vous attendait?

— Personne.

— Vous n'avez pas reçu d'appel téléphonique?

Il semblait à nouveau chercher dans sa mémoire.

— Je ne vois pas, non... J'ai dû fumer une cigarette ou deux avant de monter me coucher, car je m'endors difficilement... Maintenant, laissez-moi vous dire que je suis assez surpris...

C'était au tour de Maigret de jouer la candeur.

— Pourquoi?

— Je m'attendais que vous me questionniez sur mon client... Or, c'est sur moi et sur mon emploi du temps que vous m'avez interrogé... Je pourrais en être offensé...

— En réalité, je cherche à reconstituer les allées et venues d'Emile Boulay...

— Je ne comprends pas...

— Il n'a pas été tué la nuit dernière, mais la nuit de mardi à mercredi...

— Vous m'avez pourtant dit...

— J'ai dit qu'on l'avait retrouvé ce matin...

— Ce qui signifie que, depuis mardi, son corps...

Maigret approuvait de la tête. Il avait pris un air bon enfant et semblait enclin aux confidences.

— Il est à peu près établi que, mardi soir, Boulay avait un rendez-vous... Probablement un rendez-vous dans le quartier...

— Et vous vous êtes figuré qu'il est venu ici?

Le commissaire rit.

— Je ne vous accuse pas d'avoir étranglé votre client...

— Il a été étranglé?

— C'est ce qui ressort de l'autopsie... Il serait trop long de vous énumérer les indices que nous avons recueillis... Il avait l'habitude de venir vous demander conseil...

— Je ne l'aurais pas reçu à minuit...

— Il aurait pu se trouver dans une situation délicate... Si quelqu'un, par exemple, l'avait fait chanter...

Gaillard allumait une nouvelle cigarette et soufflait lentement la fumée devant lui.

— Son carnet de chèques révèle qu'il a retiré, voilà peu de temps, une assez forte somme de la banque...

— Puis-je vous demander combien?

— Un demi-million d'anciens francs. Ce n'était pas dans ses habitudes... A l'ordinaire, il prenait l'argent liquide dont il avait besoin dans la caisse d'un de ses cabarets...

— Ce n'est arrivé qu'une fois?

— Une seule, à notre connaissance... J'en aurai la certitude demain, lorsqu'on vérifiera son compte en banque...

— Je ne vois toujours pas mon rôle dans cette affaire...

— J'y arrive... Supposons qu'il ait cédé une première fois et qu'on soit revenu à charge, qu'on lui ait donné un rendez-vous pour la nuit de mardi à mercredi... L'idée aurait pu lui venir de vous demander conseil... Il aurait appelé votre numéro plusieurs fois au cours de la soirée, alors

que vous étiez au cinéma... Qui répond au téléphone, le soir, lorsque vous êtes absent?

— Personne...

Et, comme Maigret paraissait surpris :

— Ma femme, je vous l'ai dit, est mal portante... Cela a commencé par une dépression ner-
veuse, qui n'a fait que s'aggraver... En outre, elle
souffre d'une polynévrite dont les médecins ne
parviennent pas à la soulager... Elle ne quitte à
peu près pas le premier étage et il y a toujours
avec elle une femme de chambre, qui est en réalité
une infirmière... Ma femme l'ignore... J'ai sup-
primé le téléphone, là-haut...

— Les domestiques?

— Elles sont deux et couchent au second
étage... Pour en revenir à votre question, que je
comprends mieux, je ne suis au courant d'aucun
chantage dont mon client aurait été l'objet...
J'ajoute que l'existence d'un tel chantage me sur-
prendrait, car, connaissant ses affaires, je ne vois
pas à quel titre on l'aurait fait chanter... Il n'est
donc pas venu me consulter mardi soir... Et, a
priori, j'ignore son emploi du temps cette nuit-
là...

« Qu'il ait été tué ne m'a pas trop étonné,
lorsque vous me l'avez annoncé, car on n'arrive
pas à la situation qu'il occupait, dans ce milieu,
sans se faire de solides ennemis... Qu'il ait été
étranglé me trouble davantage, et plus encore
qu'on n'ait retrouvé son corps que ce matin...

« Au fait, où l'a-t-on retrouvé?... Je suppose qu'on l'a retiré de la Seine? »

— Il était étendu sur le trottoir, en bordure du cimetière du Père-Lachaise...

— Comment sa femme a-t-elle réagi?

— Vous la connaissez?

— Je l'ai vue une seule fois... Boulay était fou d'elle... Il tenait à me la montrer et à me montrer ses enfants. Il m'a invité à dîner rue Victor-Massé et c'est ainsi que j'ai rencontré toute la famille...

— Y compris Antonio?

— Y compris le beau-frère et sa femme... Une véritable réunion de famille... Au fond, Boulay était très petit-bourgeois et, chez lui, on n'aurait jamais soupçonné qu'il vivait du déshabillage des femmes...

— Vous connaissez ses cabarets?

— Je suis allé deux ou trois fois au Lotus, il y a plus d'un an... J'ai assisté aussi à l'inauguration du cabaret de la rue de Berri...

Maigret se posait des tas de questions, sans se risquer à les articuler de vive voix. Vivant avec une femme malade, l'avocat ne cherchait-il pas ailleurs des plaisirs qu'il ne trouvait plus chez lui?

— Vous avez rencontré Ada?

— La jeune sœur? Mais oui! Elle était du dîner. C'est une fille charmante, aussi jolie que Marina, mais avec plus de tête...

— Vous pensez qu'elle était la maîtresse de son beau-frère?

— Je me mets à votre place, commissaire... Je me rends compte que vous êtes obligé de chercher dans toutes les directions... Certaines de vos hypothèses n'en sont pas moins assez ahurissantes... Si vous aviez connu Boulay, vous ne me poseriez pas cette question-là... Il avait horreur des complications... Une aventure avec Ada aurait dressé contre lui Antonio qui, en bon Italien, a un sens fort poussé de la famille... Excusez-moi si je bâille, mais je me suis levé avant l'aube pour arriver à Poitiers à temps pour mon procès...

— Vous avez l'habitude de laisser votre voiture devant la porte?

— Le plus souvent, je ne prends pas la peine de la conduire au garage... Il y a presque toujours de la place...

— Ne m'en veuillez pas trop de vous avoir dérangé... Une dernière question... Boulay a-t-il laissé un testament?

— Pas à ma connaissance... Et je ne vois pas pourquoi il en aurait rédigé un... Il a deux enfants... En outre, il s'est marié sous le régime de la communauté des biens... La succession ne pose aucun problème...

— Je vous remercie...

— J'irai, demain matin, présenter mes condoléances à sa veuve et me mettre à sa disposition... Pauvre femme!...

Il y avait tant de questions que Maigret aurait
aimé lui poser encore! Par exemple, comment il
avait perdu quatre doigts de la main gauche. Et
aussi à quelle heure il avait quitté la rue La
Bruyère le matin même. Enfin, à cause d'une
phrase que Mickey avait prononcée, il aurait été
curieux de consulter la liste des clients de l'avocat.

Quelques minutes plus tard, il prenait un taxi
place Saint-Georges et rentrait se coucher. Il ne
s'en leva pas moins dès huit heures du matin et, à
neuf heures et demie, il sortait du bureau du
directeur de la P.J., où il avait assisté au rapport
sans desserrer les dents.

Son premier soin, après avoir ouvert la fenêtre
et retiré son veston, fut d'appeler M⁰ Chavanon,
à qui il avait téléphoné la veille.

— C'est encore moi... Maigret!... Je vous
dérange?...

— J'ai quelqu'un dans mon cabinet...

— Juste un renseignement... Connaissez-vous
un de vos confrères qui soit assez intime avec
Jean-Charles Gaillard?...

— Encore! On dirait que vous lui en voulez...

— Je ne lui en veux pas, mais j'aimerais
connaître un certain nombre de choses qui le
concernent...

— Pourquoi ne pas les lui demander à lui-
même? Voyez-le donc...

— Je l'ai vu.

— Alors? Il s'est montré récalcitrant?

— Au contraire! Il reste que des questions sont trop délicates pour qu'on les pose tout à trac à quelqu'un...

Chavanon ne se montrait guère enthousiaste. Maigret s'y attendait. Dans presque toutes les professions, il existe un esprit de corps. On peut parler librement les uns des autres, entre soi, mais on apprécie peu une intrusion étrangère. A plus forte raison quand il s'agit de la police!

— Ecoutez... Je vous ai dit ce que je savais... J'ignore qui il fréquente pour le moment mais, il y a quelques années, il était très ami avec Ramuel...

— Celui qui a défendu le boucher de la rue Caulaincourt?

— Celui-là, oui. J'aimerais autant, si vous allez le voir, que vous ne me mettiez pas en cause. D'autant plus qu'il vient d'obtenir deux ou trois acquittements coup sur coup et que cela lui a porté à la tête... Bonne chance!...

Me Ramuel habitait rue du Bac et, l'instant d'après, Maigret avait sa secrétaire au bout du fil.

— C'est presque impossible... Toute sa matinée est prise... Attendez... Si vous venez vers onze heures moins dix et s'il en a fini rapidement avec son client de dix heures et demie...

Cela devait défiler chez lui comme chez un dentiste de quartier. Au suivant!

Maigret ne s'en rendit pas moins rue du Bac et,

comme il était en avance, il alla boire un vin
blanc au bureau de tabac. Les murs de la salle
d'attente, chez M⁰ Ramuel, étaient couverts de
tableaux dédicacés par les artistes. Trois personnes patientaient et, parmi elles, une vieille
femme qui devait être une riche fermière de province.

A onze heures moins cinq, néanmoins, la secrétaire ouvrait la porte et faisait discrètement signe
au commissaire de la suivre.

Encore jeune, le visage poupin, M⁰ Ramuel
était déjà chauve. Il s'avança, cordial, la main
tendue.

— Qu'est-ce qui me vaut l'honneur?...

Le bureau était immense, les murs recouverts
de boiseries, les meubles Renaissance, et on marchait sur des tapis d'Orient authentiques.

— Asseyez-vous... Un cigare?... Ah! non...
C'est vrai... Fumez votre pipe, je vous en
prie...

On le sentait pénétré de son importance et il
s'asseyait à son bureau comme un avocat général
au siège du ministère public.

— Je ne vois aucune affaire, parmi celles dont
je m'occupe...

— Il ne s'agit pas d'un de vos clients,
maître... Je me sens d'ailleurs assez embarrassé...
Je voudrais que vous considériez ma visite comme
une visite privée...

Ramuel avait tellement l'habitude des procès
d'assises qu'il continuait dans la vie à se compor-

ter comme à la barre, avec les mêmes mimiques,
les mêmes gestes amples des bras auxquels ne
manquaient que les amples manches de la robe
noire.

Il commençait par écarquiller les yeux d'un air
comique, puis il écartait les deux mains pour
exprimer la surprise.

— Voyons, commissaire, vous n'allez pas me
dire que vous avez des ennuis?... Plaider pour le
commissaire Maigret...

— J'ai seulement besoin de quelques renseignements sur quelqu'un...

— Un de mes clients?

Il prenait une mine offusquée.

— Je n'ai pas besoin de vous rappeler...

— Ne craignez rien. Je ne vous demande pas
d'enfreindre le secret professionnel... Pour des
raisons trop longues à expliquer, j'ai besoin de
connaître quelque peu un de vos confrères...

Les sourcils se fronçaient, toujours avec exagé-
ration, comme si l'avocat jouait devant les jurés
sa comédie habituelle.

— Il n'est pas question non plus de trahir
l'amitié...

— Parlez. Je ne promets rien, n'est-ce pas?

C'était agaçant, mais le commissaire n'avait
pas le choix.

— Vous connaissez fort bien, je pense, votre
confrère Jean-Charles Gaillard...

Mine faussement embarrassée.

— Nous nous sommes fréquentés autrefois...

— Vous êtes brouillés?

— Mettons que nous nous rencontrons moins souvent...

— Vous connaissez sa femme?

— Jeanine? Je l'ai rencontrée pour la première fois alors qu'elle dansait encore au Casino de Paris... C'était tout de suite après la guerre... Une charmante fille, à l'époque... Et belle!... On l'appelait la belle Lara et les passants se retournaient sur elle dans la rue...

— C'était son nom ?

— Non... Elle s'appelait en réalité Dupin, mais elle dansait sous le nom de Jeanine de Lara... Elle aurait probablement fait une brillante carrière...

— Elle y a renoncé pour Gaillard?

— Il l'a épousée en lui promettant qu'il ne lui demanderait pas d'abandonner le théâtre...

— Il n'a pas tenu parole?

C'était maintenant la comédie de la discrétion. Ramuel semblait peser le pour et le contre, soupirait, comme tiraillé par ses sentiments contraires.

— Après tout, c'est connu du Tout-Paris... Gaillard revenait de la guerre, couvert de médailles...

— C'est à la guerre qu'il a perdu quatre doigts?

— Oui... Il était à Dunkerque... En Angleterre, il s'est engagé dans les Forces Libres... Il a fait la campagne d'Afrique puis, si je ne me trompe, s'est retrouvé en Syrie... Il était lieute-

nant de commando... Il n'en parle jamais, je dois
le reconnaître... Il n'est pas de ceux qui se com-
plaisent à raconter leurs faits d'armes... Une nuit
qu'il devait surprendre une patrouille ennemie,
c'est lui qui a été surpris et il n'a trouvé son salut
qu'en saisissant à pleine main le couteau qu'on
lui plantait dans la poitrine... C'est un cos-
taud...

« Il est devenu amoureux fou de Jeanine et il
l'a décidée à l'épouser... A cette époque, il était
stagiaire chez Mᵉ Jouane, le civiliste, et ne
gagnait pas gros...

« Jaloux, il passait ses soirées dans les coulisses du Casino de Paris...

« Vous devinez la suite... Peu à peu, il a ob-
tenu que sa femme renonce à la danse... Il s'est
mis à travailler très dur pour faire bouillir la
marmite... Il m'est arrivé souvent de lui envoyer
des clients... »

— Il est resté civiliste?

Cette fois, Ramuel prenait l'air embarrassé de
quelqu'un qui se demande si son interlocuteur
sera capable de le comprendre.

— C'est assez compliqué... Il y a des avocats
qu'on voit rarement au Palais et qui n'en ont pas
moins une clientèle importante... Ce sont ceux-là
qui gagnent le plus d'argent... Ils sont avocats-
conseils de grosses sociétés... Ils connaissent à
fond les lois sur les sociétés et leurs moindres
subtilités...

— C'est le cas de Gaillard?

— Oui et non... Remarquez que je ne le vois
guère depuis plusieurs années... Il plaide relative-
ment peu... Quant à sa clientèle, j'aurais de la
peine à la définir... Il n'a pas, comme son ancien
patron, celle des grandes banques et de la grosse
industrie...

Maigret écoutait patiemment, s'efforçant de
deviner ce qu'il y avait entre les mots.

— Avec les lois fiscales actuelles, beaucoup de
gens ont besoin des conseils d'une personne aver-
tie... Certains, de par leur activité, ont besoin,
eux, de s'assurer s'ils restent dans la légalité...

— Le patron d'une chaîne de cabarets, par
exemple?

Ramuel jouait la surprise, la confusion.

— J'ignorais que j'avais été si précis... Remarquez que je ne sais pas de qui vous parlez...

Maigret se souvenait de sa conversation de la
veille avec Louis Boubée, dit Mickey. Tous les
deux avaient évoqué le temps du Tivoli et de la
Toutoune, chez qui on rencontrait, non seulement
les grands caïds du milieu, mais leurs avocats et
un certain nombre d'hommes politiques.

— Boulay a été tué, dit-il brusquement.

— Boulay?...

— M. Emile... Le patron du Lotus, du Train
Bleu et de deux autres cabarets...

— Je n'ai pas eu le temps de lire le journal ce
matin... C'était un client de Gaillard?

Il était désarmant de naïveté.

— C'est évidemment une des catégories aux-

quelles je faisais allusion... Il n'est pas facile,
dans certaines professions, d'éviter les pépins...
Qu'est-il arrivé à ce Boulay?

— Il a été étranglé...

— Horrible!

— Vous parliez tout à l'heure de Mme Gaillard...

— Il paraît que son état a empiré depuis que je
l'ai perdue de vue... Cela a commencé, au temps
où je les fréquentais encore, par des dépressions
nerveuses, qui devenaient de plus en plus fré-
quentes... Je suppose qu'elle ne s'habituait pas à
la vie bourgeoise... Voyons... Quel âge a-t-elle à
présent?... La quarantaine, si je ne me trompe...
Elle doit avoir quatre ou cinq ans de moins que
lui... Mais elle s'est abîmée... Elle a vieilli très
vite...

« Sans être médecin, commissaire, j'ai vu un
certain nombre de femmes, surtout parmi les plus
éclatantes, prendre assez mal ce tournant-là...

« J'ai entendu dire qu'elle est presque folle,
qu'il lui arrive de passer des semaines entières
dans une chambre obscure...

« Je plains Gaillard... C'est un garçon intelli-
gent, un des plus intelligents que je connaisse...
Il a travaillé d'arrache-pied pour se tailler une
situation... Il s'est efforcé de donner à Jeanine
une vie brillante... Car, pendant un temps, ils ont
mené grand train...

« Cela n'a pas suffi... Et maintenant... »

Si sa mine exprimait la compassion, il n'en

restait pas moins une flamme joyeuse, ironique,
dans ses petits yeux...

— C'est ce que vous vouliez savoir?... Remarquez que je ne vous ai rien dit de confidentiel...
Vous auriez pu interroger n'importe qui dans les
couloirs du Palais...

— Je suppose que Jean-Charles Gaillard n'a,
jamais eu d'ennuis avec le conseil de l'ordre?

Cette fois, Ramuel écartait les bras, offusqué.

— Voyons! Voyons! Qu'allez-vous chercher
là?

Il se levait, regardait la pendule sur la chemi-
née.

— Je vous demande pardon, mais vous avez pu
constater qu'un certain nombre de clients
m'attendent... Je plaide à deux heures... Je suppose que personne n'est au courant de votre visite
et que ce que nous avons dit restera entre
nous?...

Et, se dirigeant vers la porte d'une démarche
sautillante, il soupirait théâtralement :

— Pauvre Jeanine!...

6

Avant DE REN-
trer déjeuner, Maigret était passé par le quai des
Orfèvres et avait dit à Lapointe, presque dis-
traitement :

— Je voudrais que tu ailles enquêter le plus
tôt possible rue La Bruyère et dans les environs.
Il paraît qu'une voiture américaine bleu pâle sta-
tionne d'habitude, jour et nuit, en face de l'hôtel
particulier de Mᵉ Jean-Charles Gaillard...

Il lui tendait un bout de papier sur lequel il
avait griffonné le numéro minéralogique de l'auto.

— J'aimerais savoir à quelle heure la voiture
s'est trouvée là mardi soir, et aussi à quelle heure
elle est partie hier matin ou dans le courant de la
nuit...

Il avait ses gros yeux qui semblaient ne penser
à rien, le dos rond, la démarche lourde et paresseuse.

Dans ces moments-là, les gens, et ses collaborateurs plus que quiconque, s'imaginaient qu'il se
concentrait. Or, rien n'était plus faux. Mais il
avait beau le leur dire, ils ne le croyaient pas.

Ce qu'il faisait, en réalité, était un peu ridicule, voire enfantin. Il prenait un bout d'idée, un
petit bout de phrase, et se le répétait comme un
écolier qui essaie de se mettre sa leçon en tête. Il
lui arrivait même de remuer les lèvres, de parler
à mi-voix, seul au milieu de son bureau, sur le
trottoir, n'importe où.

Les mots n'avaient pas nécessairement de sens.
Il arrivait que cela ressemble à un gag.

— On a vu des avocats tués par leur client,
mais je n'ai jamais entendu parler de clients tués
par leur avocat...

Cela ne signifiait pas qu'il accusât Jean-
Charles Gaillard d'avoir étranglé le chétif patron
du Lotus et autres lieux. Sa femme l'aurait fort
surprise, tandis qu'il mangeait, si elle lui avait
demandé brusquement :

— A quoi penses-tu ?

Il aurait probablement répondu de bonne foi
qu'il ne pensait à rien. Il y avait aussi des images
qu'il se passait dans la tête comme dans une
lanterne magique.

Emile Boulay, le soir, sur le trottoir, devant le
Lotus... Ça, c'était une habitude de presque tous
les soirs... Le petit homme regardait le ciel, la
foule qui coulait, changeant de rythme et comme

de nature à mesure que la soirée s'avançait, et
supputait les recettes de ses quatre cabarets...

La seconde image n'était pas, elle, de tous les
jours. Boulay entrait dans la cabine, sous les
yeux de la demoiselle du vestiaire, et composait
un numéro qui ne répondait pas...

Trois fois... quatre fois... Entre les coups, il
allait faire un petit tour, soit dans l'établissement, soit dans la rue... Et ce n'était qu'au cinquième ou au sixième essai qu'il avait enfin quelqu'un au bout du fil...

Or, il ne partait pas tout de suite... A côté de
Mickey, sur le trottoir, il tirait de temps en
temps sa montre de sa poche...

— Il n'est pas rentré chez lui pour prendre son
automatique... faillit prononcer Maigret à voix
haute.

Emile possédait un permis. Il avait le droit
d'être armé. A l'époque où Mazotti et sa bande
lui faisaient des ennuis, il l'était toujours.

S'il ne l'était pas, ce soir-là, c'est donc qu'il
était sans méfiance.

Enfin, sans rien dire au pisteur, qui avait l'air
d'un gamin fané, il commençait à descendre sans
se presser la rue Pigalle.

C'était la dernière image. Tout au moins la
dernière image d'Emile vivant.

— Tu as des projets pour demain?

Il leva la tête de son assiette, regarda sa
femme, comme surpris de la voir en face de lui,
près de la fenêtre ouverte.

— Demain? répéta-t-il d'une voix si neutre qu'elle éclata de rire.

— Tu étais loin! Pardonne-moi de...

— Qu'est-ce qu'il y a, demain?

— C'est dimanche... Tu crois que tu auras du travail?

Il hésita à répondre. Il ne savait pas. Il n'avait pas pensé au dimanche, il avait horreur d'interrompre une enquête, prétendant qu'une des principales chances de succès est la rapidité. Plus les jours passent et plus il est difficile d'obtenir une précision des témoins... Lui-même avait besoin de rester sur sa lancée, de coller avec le petit monde dans lequel il se trouvait plongé.

Et voilà qu'il y avait un dimanche, c'est-à-dire un trou. Et que l'après-midi aussi allait être à peu près perdu puisque, pour la plupart des gens, le samedi est devenu une sorte de dimanche.

— Je ne sais pas encore... Je te téléphonerai dans le courant de l'après-midi...

Ecartant les bras à la façon emphatique qu'il avait vue à Mᵉ Ramuel, il ajoutait :

— Excuse-moi... Ce n'est pas ma faute...

Bien entendu, la vie de la P.J. s'était déjà mise au ralenti. Il y avait des bureaux vides, des commissaires, des inspecteurs partis pour la campagne.

— Lapointe n'est pas rentré?

— Pas encore, patron.

Il venait de surprendre, dans le bureau des inspecteurs, le gros Torrence qui montrait à ses

camarades un moulinet de pêche au lancer. Il ne
pouvait pas exiger que tout le monde fût, comme
lui, hypnotisé par Emile Boulay.

Il ne savait que faire en attendant Lapointe, et
il n'avait pas le courage, un samedi après-midi,
de se replonger dans ses plans administratifs.

Il finit par entrer chez Lecoin, son collègue de
la Mondaine, qui était occupé à lire le journal.
Lecoin ressemblait davantage à un gangster qu'à
un policier.

— Je te dérange?

— Non...

Maigret allait s'asseoir sur le rebord de la fenêtre, sans trop savoir pourquoi il était venu.

— Tu connaissais le patron du Lotus?

— Comme je les connais tous...

La conversation, paresseuse, sans queue ni
tête, dura près d'une heure sans rien donner.
Pour Lecoin, l'ancien garçon de la Transat était
un type régulier, qui n'appartenait pas au milieu
et que certains, à Montmartre, appelaient dédai-
gneusement l'épicier.

A quatre heures, le dimanche était presque
commencé et le commissaire poussa une fois de
plus la porte du bureau des inspecteurs.

— Lapointe?

— Pas rentré, patron...

Il savait que cela ne servirait à rien, mais il
n'en franchit pas moins, en se promenant, la
porte qui communiquait avec le Palais de Justice.
Ce matin, il s'était promis de se rendre au greffe

et d'obtenir la liste des clients pour lesquels Jean-Charles Gaillard avait plaidé.

Le Palais de Justice était à peu près vide, avec des courants d'air dans les vastes couloirs et, quand il poussa la porte du greffe, il ne trouva personne. C'était curieux. N'importe qui aurait pu entrer, fouiller dans les classeurs verts qui garnissaient les murs jusqu'au plafond. N'importe qui, aussi, pouvait aller décrocher une robe dans le vestiaire des avocats, sinon s'asseoir dans le fauteuil d'un président de cour.

— Le Jardin des Plantes est mieux gardé... grommela-t-il.

Enfin, il trouva Lapointe dans son bureau...

— Je rentre les mains vides, patron... Pourtant, je me suis adressé à presque tous les habitants de la rue... En tout cas à ceux qui ne sont pas partis en week-end.

« La voiture américaine bleue leur est familière... Certains savent à qui elle appartient... D'autres la remarquent chaque matin, en partant pour leur travail, sans se poser de questions... Quand je leur ai parlé de la nuit de mardi à mercredi, la plupart ont levé les yeux au ciel...

« Pour eux, c'est déjà loin... Les uns dormaient dès dix heures du soir... D'autres sont rentrés du cinéma vers onze heures et demie sans faire attention aux voitures qui, à cette heure-là, bordent toute la longueur de la rue...

« La réponse la plus courante est :

« — Elle est presque toujours là...

« Ils ont l'habitude de la voir à sa place, vous comprenez, de sorte que, si même elle n'y est pas, ils se figurent qu'elle y est...

« Je me suis adressé aux garages du quartier. Dans l'un, seulement, on se souvient de l'auto et d'un grand type sanguin qui vient parfois faire le plein d'essence... Mais ce n'est pas un client régulier...

« Il reste deux garages où je n'ai pu questionner personne, pour la bonne raison qu'ils sont fermés jusqu'à lundi matin... »

Maigret écartait à nouveau les bras à la façon de Mᵉ Ramuel. Que pouvait-il y faire?

— Tu retourneras lundi... soupira-t-il.

Le téléphone sonnait. Il reconnaissait la voix d'Antonio, espérait un moment que celui-ci avait du nouveau à lui apprendre.

— C'est vous, monsieur Maigret?... Je suis avec le représentant des pompes funèbres... Il propose que l'enterrement ait lieu lundi à dix heures du matin... Je ne veux pas lui donner de réponse sans votre autorisation...

Qu'est-ce que cela pouvait faire à Maigret?

— D'accord...

— Vous recevrez un faire-part... L'absoute sera dite à l'église Notre-Dame-de-Lorette...

Il raccrocha, regarda, de ses yeux vides, Lapointe qui attendait des instructions.

— Tu peux aller... Bon dimanche!... Si Lucas est à côté, envoie-le-moi...

Lucas y était.

— Du nouveau, patron?

— Rien du tout!... Je voudrais que, lundi matin, à la première heure, tu te rendes au greffe du tribunal et que tu te procures la liste des affaires dans lesquelles Jean-Charles Gaillard a plaidé... Pas besoin de remonter au déluge... Les deux ou trois dernières années...

— Vous retournerez ce soir à Montmartre?

Il haussa les épaules. A quoi bon? Il répéta à l'intention de Lucas, comme il l'avait fait pour Lapointe :

— Bon dimanche!

Et il décrochait le téléphone.

— Passez-moi mon appartement... Allô!... C'est toi?...

Comme s'il ne savait pas que ça ne pouvait être qu'elle et comme s'il ne reconnaissait pas sa voix!

— Te souviens-tu de l'heure des trains pour Morsang?... Aujourd'hui, oui. Avant le dîner si possible... 5 h 52?... Cela t'amuse d'aller y passer la nuit et la journée de demain?... Bon!... Prépare la petite valise... Non... Je téléphonerai moi-même...

C'était au bord de la Seine, à quelques kilomètres en amont de Corbeil. Il y avait là une auberge, le Vieux Garçon, où, depuis plus de vingt ans, les Maigret allaient de temps en temps passer le dimanche.

Maigret l'avait découverte au cours d'une

enquête, isolée au bord de l'eau, fréquentée surtout par des pêcheurs à la ligne.

Maintenant, le couple y avait ses habitudes. On
lui donnait presque toujours la même chambre, la
même table, au dîner et au déjeuner, sous les
arbres de la terrasse.

— Allô! Passez-moi le Vieux Garçon à Morsang... Par Corbeil... Le Vieux Garçon, oui...
C'est une auberge...

Il avait découvert, en bouquinant, que l'endroit
avait été fréquenté jadis par Balzac et Alexandre
Dumas, puis que plus tard, les déjeuners litté-
raires y réunissaient les Goncourt, Flaubert,
Zola, Alphonse Daudet et quelques autres.

— Allô!... Ici, Maigret... Vous dites?... Il fait
beau temps, oui...

Cela, il le savait aussi bien que la patronne.

— Notre chambre est occupée?... Vous en avez
une autre, mais qui ne donne pas sur la Seine?...
Cela ne fait rien... Nous arriverons pour
dîner...

Ainsi, en fin de compte, malgré Emile Boulay,
ils allaient passer un dimanche nonchalant au
bord de l'eau. La clientèle du Vieux Garçon avait
changé avec le temps. Les pêcheurs que les Maigret avaient rencontrés autrefois avaient presque
tous disparu. Ou ils étaient morts, ou ils étaient
devenus trop vieux pour se déplacer.

Des nouveaux avaient pris leur place, aussi
enragés qu'eux, certains qui amorçaient leur coup
plusieurs jours à l'avance.

On en entendit qui se levaient dès quatre
heures pour aller amarrer leur barque dans le
courant entre deux perches.

Il y avait une nouvelle clientèle, plus jeune,
surtout des couples qui possédaient un petit
bateau à voile, et ceux-là dansèrent sur la terrasse, au son d'un phonographe, jusqu'à une
heure du matin.

Maigret dormit quand même, entendit des coqs
chanter, les pas de ceux qui allaint à la pêche, ne
se leva en fin de compte qu'à neuf heures du
matin.

Vers dix heures, comme ils finissaient leur
petit déjeuner sous les arbres en regardant évo-
luer les voiles, Mme Maigret murmura :

— Tu ne pêches pas?

Il n'avait ni ses cannes ni ses engins, laissés
dans leur petite maison de Meung-sur-Loire, mais
il pouvait toujours en emprunter à la patronne.

Pour quelle raison un avocat tuerait-il son
client? On voit des gens tuer leur médecin, per-
suadés qu'il les a mal soignés. Le contraire est
rarissime. Il ne se souvenait que du cas de Bou-
grat...

Emile Boulay n'était pas du type agressif... Il
ne pouvait prétendre que son avocat l'avait trahi
puisqu'il n'avait jamais été condamné et que son
casier judiciaire était vierge...

— Choisissez la canne que vous voudrez... Les
lignes sont dans le placard et vous trouverez des
asticots à la place habituelle...

Ils suivirent la berge l'un derrière l'autre, choi-
sirent un coin ombragé, près d'un arbre mort, et
le hasard voulut qu'après une demi-heure Maigret
eût déjà pris une quinzaine de gardons. S'il
s'était muni d'une épuisette, il aurait, sans doute,
sorti de l'eau le chevesne de plus d'une livre qui
cassa son bas de ligne.

Il est vrai qu'ensuite il n'eut plus une touche.
Sa femme lisait un magazine, s'interrompait de
temps en temps pour le regarder avec un sourire
amusé.

Ils déjeunèrent dans leur coin, avec comme
toujours, des gens qui se tournaient de leur côté
et se mettaient à chuchoter. Est-ce qu'un chef de
la brigade criminelle n'a pas le droit de passer le
dimanche à la campagne comme tout le monde et
de pêcher à la ligne s'il en a envie?

Il retourna au bord de l'eau, ne prit plus rien
et, à six heures du soir, sa femme et lui se
trouvaient dans le train bondé de voyageurs qui
s'en allait vers Paris.

Ils mangèrent des viandes froides, en regardant
la nuit tomber, les rues encore à peu près vides,
les maisons d'en face où quelques lumières commençaient à s'allumer.

Boulay ne passait pas ses dimanches à la campagne. Ses cabarets travaillaient sept jours sur
sept et il n'était pas l'homme à les laisser sans
surveillance. Quant à ses trois femmes, elles ne
devaient pas avoir envie de quitter la petite Italie
de la rue Victor-Massé.

A neuf heures, le lundi matin, Maigret passait au quai des Orfèvres pour s'assurer qu'il n'y avait rien de nouveau et, à dix heures moins le quart, un taxi le déposait rue Pigalle. Un avis mortuaire, entouré de noir, était fixé à la grille du Lotus. Rue Victor-Massé, il y en avait un autre à la porte du Train Bleu.

Le trottoir, en face de ce qui avait été le domicile de Boulay, grouillait de monde. De temps en temps quelqu'un, ou un petit groupe, se détachait pour pénétrer dans la maison dont la porte était garnie de draperies noires.

Il fit comme les autres, attendit son tour devant l'ascenseur où on recevait déjà des relents de fleurs et de cierges. Le salon était transformé en chapelle ardente et, autour du cercueil, des silhouettes sombres se tenaient debout, celle d'Antonio, de M. Raison, d'un vieux maître d'hôtel qu'on considérait comme de la famille, tandis qu'on entendait une femme sangloter dans une pièce voisine.

Il serra des mains, redescendit, attendit avec les autres. Il reconnaissait des visages entrevus dans les cabarets du défunt. Tout le personnel devait être là et les femmes aux talons démesurés avaient des visages fatigués, des yeux qui paraissaient surpris de voir le soleil matinal.

— Il y a du monde, hein?

C'était le nabot. Louis Boubée, dit Mickey, vêtu de noir, qui tirait le commissaire par la

manche et paraissait fier du succès de l'enterrement.

— Ils sont tous là...

Il voulait dire tous les patrons des cabarets de
Paris, y compris ceux des Champs-Elysées et de
Montparnasse, les musiciens, les barmen, les
maîtres d'hôtel...

— Vous avez vu Jo?

Il désignait Jo-le-Catcheur, qui adressa un
signe de la main au commissaire et qui, lui aussi,
s'était vêtu de sombre pour la circonstance.

— Il y a de tout, n'est-ce pas?

Des costumes voyants, des chapeaux trop
clairs, de grosses chevalières et des souliers en
daim ou en crocodile... Tout le monde s'était
dérangé. Boulay avait beau ne pas appartenir au
milieu et mériter le surnom d'épicier, il n'en
appartenait pas moins à la vie nocturne de Montmartre.

— Vous ne savez toujours pas qui a fait le
coup?

A ce moment, l'avocat sortait de la maison où
le commissaire ne l'avait pas vu entrer, mais le
corbillard, qui venait se ranger le long du trottoir, le cacha presque aussitôt aux yeux de Maigret.

Il y avait tant de fleurs et de couronnes qu'on
dut en charger deux voitures entières. Les trois
femmes prirent place dans une auto. Derrière, à
pied, Antonio marchait seul, suivi, sur plusieurs
rangs, par le personnel et par les danseuses.

Ensuite, c'était le tout-venant, qui formait un cortège de plus de cent mètres de long.

Les commerçants, au passage, sortaient de leur boutique, les ménagères s'arrêtaient au bord du trottoir et des gens se penchaient aux fenêtres. Enfin, courant le long de la file sombre, des photographes prenaient des clichés.

Les orgues retentirent au moment où six hommes franchissaient le seuil de l'église en portant le cercueil. Les femmes suivirent, couvertes de voiles épais. Un instant, les regards de Jean-Charles Gaillard et du commissaire se croisèrent, puis les deux hommes furent séparés par la foule.

Maigret resta au fond de l'église où, chaque fois que la porte s'ouvrait, pénétrait un rayon de soleil. Et il repassait toujours les mêmes images dans sa tête, comme un jeu de cartes.

Boulay tirant sa montre de sa poche... Boulay attendant quelques minutes avant de descendre la rue Pigalle...

Antonio avait bien fait les choses. Il n'y avait pas seulement une absoute, mais une messe chantée.

La sortie se fit lentement. Quatre ou cinq voitures attendaient pour la famille et les collaborateurs les plus proches, car il n'y avait plus de place au cimetière de Montmartre et le corps de Boulay s'en allait vers Ivry.

Antonio trouva le temps de faire un crochet dans la foule pour s'approcher du commissaire.

— Vous désirez une place?

Maigret fit signe que non. Il suivait des yeux l'avocat qui s'éloignait à pied et il joua des coudes pour le rejoindre.

— Un bel enterrement!... dit-il, un peu comme Mickey l'avait fait rue Victor-Massé. Vous n'allez pas au cimetière?

— Du travail m'attend... En outre, on ne m'y a pas invité...

— Tout Montmartre était là...

Une partie de la foule continuait à s'écouler tandis que le corbillard et les voitures s'éloignaient.

— Vous devez avoir reconnu un certain nombre de vos clients...

— N'importe quel avocat se serait trouvé dans le même cas...

Changeant de sujet de conversation, comme si celui-là lui déplaisait, Gaillard questionnait :

— Vous avez une piste?

— Appelons ça un début de piste...

— C'est-à-dire?

— Il me manque le principal, c'est-à-dire le motif...

— Vous avez le reste?

— Je ne tiens pas encore de preuves, hélas!... Vous êtes allé hier à la campagne?

Son interlocuteur le regarda, surpris.

— Pourquoi me demandez-vous ça?

Ils remontaient, comme beaucoup d'autres, la rue Notre-Dame-de-Lorette, qui avait rarement

été aussi animée à cette heure-là, passaient devant
le Saint-Trop', où on avait retiré de la devanture
le cadre avec les photos de femmes nues pour le
remplacer par l'avis mortuaire.

— Pour rien... répondait Maigret. Parce que
j'y suis allé avec ma femme... Parce que la plupart des Parisiens, le dimanche, vont à la campagne ou à la mer...

— Il y a longtemps que ma femme ne se dé-
place plus...

— De sorte que vous passez le dimanche seul
rue La Bruyère?

— J'en profite pour étudier mes dossiers...

Jean-Charles Gaillard se demandait-il pourquoi
le commissaire s'attachait à ses pas? Normalement, Maigret aurait dû descendre vers le centre
de la ville. Or, il continuait à marcher du même
pas que l'avocat et, bientôt, ils se trouvèrent rue
La Bruyère, où la voiture bleue était à sa place
devant la maison.

Il y eut un moment de gêne. Maigret ne faisait
pas mine de s'en aller. L'avocat tenait sa clef à la
main.

— Je ne vous propose pas d'entrer, car je sais
combien vous êtes occupé...

— J'allais justement vous demander la permission de donner un coup de téléphone...

La porte s'ouvrait.

— Venez dans mon bureau...

La porte qui communiquait avec le bureau voisin était ouverte et une secrétaire d'une trentaine

d'années se leva. Sans s'occuper de Maigret, elle
s'adressa à son patron.

— Il y a eu deux appels, dont un de
Cannes...

— Tout à l'heure, Lucette...

Gaillard paraissait préoccupé.

— C'est à Paris que vous désirez téléphoner?... Vous avez l'appareil devant vous...

— Merci...

Par la fenêtre, on découvrait une cour pavée au
milieu de laquelle se dressait un assez beau til-
leul.

Maigret, debout, composait son numéro.

— Allô!... L'inspecteur Lapointe est-il rentré?... Passez-le-moi, voulez-vous?... merci!...
Oui... Allô!... Lapointe?... Tu as trouvé ce que
tu cherchais?...

Il resta longtemps à écouter, tandis que l'avocat, sans s'asseoir à son bureau, changeait des
dossiers de place.

— Oui... Oui... Je comprends... Tu es sûr des
dates?... Tu lui as fait signer une déclaration?...
Non, je suis rue La Bruyère... Lucas est rentré?... Pas encore?...

Tout en parlant, il regardait la cour, deux
merles qui sautillaient sur les pavés, l'ombre de
l'avocat qui passait et repassait devant la fenêtre.

— Attends-moi, oui... Je ne serai pas long et il
y aura peut-être du nouveau...

Il avait bien le droit de jouer sa petite comédie,

lui aussi! Le téléphone raccroché, il mimait
l'embarras, se grattait la tête d'un air perplexe.

Ils étaient toujours debout tous les deux et
l'avocat l'observait curieusement. Maigret le faisait exprès de laisser durer le silence. Quand il
parla, ce fut pour dire, avec un léger reproche
dans la voix :

— Vous n'avez pas beaucoup de mémoire,
monsieur Gaillard...

— Que voulez-vous insinuer?

— Ou alors, pour une raison que je n'arrive
pas à découvrir, vous ne m'avez pas dit la vérité...

— A quel propos?

— Vous ne le savez pas?

— Je vous jure...

L'homme était grand et fort, sûr de lui
quelques instants plus tôt encore. Maintenant,
son visage ressemblait à celui d'un petit garçon
pris en faute et qui s'obstine à jouer l'innocence.

— Je ne vois vraiment pas ce que vous voulez
dire...

— Vous permettez que je fume?

— Je vous en prie.

Maigret bourrait lentement sa pipe, renfrogné,
en homme qui a une tâche déplaisante à accom-
plir.

L'autre lui proposait :

— Vous ne voulez pas vous asseoir?

— Je n'en ai que pour un moment... Lorsque je suis venu vous voir vendredi, je vous ai parlé de votre voiture...

— C'est possible... Nous avons eu une conversation à bâtons rompus et j'étais assez impressionné par ce que je venais d'apprendre pour ne pas enregistrer les détails...

— Vous m'avez dit que votre voiture stationnait habituellement en face de chez vous et que vous l'y laissiez pour la nuit...

— C'est exact... Elle y a encore passé la nuit dernière, et la nuit précédente... Vous avez pu la voir en entrant...

— Mais il y a eu récemment des jours où elle n'y était pas...

Il fit celui qui cherche dans sa mémoire.

— Attendez...

Il était très rouge, tout à coup, et Maigret en eut presque pitié. On sentait que ce n'était que grâce à un terrible effort qu'il gardait un air d'assurance.

— Je ne sais plus si c'est la semaine dernière ou la semaine précédente que l'auto a eu besoin de réparations... Je peux le demander à ma secrétaire... C'est elle qui a téléphoné au garage de venir la chercher et de la remettre en état...

Il ne se dirigeait pourtant pas vers la porte de communication.

— Appelez-la !...

Il finit par pousser le battant.

— Vous voulez venir un instant?... Le commissaire a une question à vous poser...

— Ne vous troublez pas, mademoiselle... C'est une question bien innocente... Je voudrais savoir quel jour vous avez appelé le garage de la rue Ballu pour qu'on vienne chercher la voiture...

Elle regarda son patron comme pour lui demander la permission de répondre.

— Lundi après-midi, fit-elle enfin.

— Il s'agit bien de lundi dernier?

— Oui...

Elle était jolie, sympathique, et sa robe de nylon blanc révélait un corps appétissant. Est-ce qu'entre elle et Gaillard...? Cela ne regardait pas Maigret en ce moment.

— Il s'agissait d'une réparation importante?

— Je peux vous montrer la facture du garage... Je l'ai reçue ce matin... Ils ont dû changer un amortisseur... Ils croyaient pouvoir ramener l'auto dès mercredi matin...

— Et ils ne l'ont pas fait?

— Ils ont téléphoné pour s'en excuser... C'est une voiture américaine... Contrairement à ce qu'ils espéraient, il n'y avait pas de pièce de rechange à Paris et ils ont dû téléphoner au dépôt du Havre...

Jean-Charles Gaillard feignait de se désintéresser de l'entretien et, assis enfin devant son bureau, feuilletait un dossier.

— Quand la voiture a-t-elle été livrée?

— Jeudi ou vendredi... Vous permettez?...
C'est noté dans mon agenda...

Elle passa dans son bureau, revint l'instant
d'après.

— Jeudi soir... Ils ont fait venir l'amortisseur
par exprès et ont travaillé toute la journée...

— Vous n'êtes pas revenue après le dîner?

Nouveau coup d'œil à l'avocat.

— Non... Cela m'arrive rarement... Seulement
quand il y a un travail urgent...

— Le cas ne s'est pas produit la semaine dernière?

Sans hésitation, elle secoua la tête.

— Il y a au moins quinze jours que je n'ai pas
travaillé le soir...

— Je vous remercie, mademoiselle...

Elle se retirait, fermait la porte, et Maigret
restait debout, la pipe à la bouche, au milieu du
bureau.

— Et voilà!... finissait-il par grogner.

— Voilà quoi?

— Rien... Un petit fait qui peut avoir de
l'importance, comme il peut n'en avoir aucune...
Vous en connaissez assez sur notre métier pour
savoir que nous n'avons le droit de rien négliger...

— Je ne vois pas ce que ma voiture...

— Si vous étiez à ma place, vous le verriez...
Je vous remercie de m'avoir permis de téléphoner... Il est temps que je retourne au bureau...

L'avocat se levait.

— Vous n'avez rien d'autre à me demander?

— Qu'est-ce que je vous demanderais? Je vous ai posé, vendredi, les questions que j'avais à vous poser. Je suppose que vous m'avez répondu en toute franchise?...

— Je n'ai aucune raison pour...

— Bien entendu. Au sujet de la voiture, pourtant...

— Je vous avoue que cela m'était sorti de la tête... Dans les derniers mois, c'est la troisième ou la quatrième fois que cette auto a besoin de réparations et c'est bien pourquoi j'ai l'intention d'en changer...

— Vous vous êtes servi de taxis pendant trois jours?...

— C'est exact... Il m'arrive de prendre des taxis même quand l'auto est devant ma porte... On n'a pas à chercher un stationnement...

— Je vous comprends... Vous plaidez, cet après-midi?

— Non... Je vous ai déjà dit que je plaide assez rarement... Je suis plutôt un avocat-consultant...

— Vous serez donc chez vous toute la journée?

— A moins que j'aie un rendez-vous dehors... Un instant...

Il ouvrait une fois de plus la porte du bureau voisin.

— Lucette!... Voulez-vous voir si je dois sortir cet après-midi?...

Maigret eut l'impression que la jeune fille avait
pleuré. Elle n'avait ni les yeux ni le nez rouge,
mais son regard était trouble, inquiet.

— Je ne crois pas... Tous vos rendez-vous sont
ici...

Elle consultait pourtant l'agenda rouge.

— Non...

— Vous avez la réponse... conclut l'avocat.

— Je vous remercie.

— Vous pensez avoir besoin de moi?

— Je n'ai rien de précis en tête, mais on ne
sait jamais... Au revoir, mademoiselle...

Elle lui faisait un signe de tête, sans lever les
yeux vers lui. Quant à Jean-Charles Gaillard, il
précédait le commissaire dans le corridor. La
porte d'une salle d'attente était entrouverte et on
apercevait en passant les jambes de quelqu'un qui
attendait, des jambes d'homme.

— Merci encore pour le téléphone.

— De rien...

— Et excusez-moi...

Quand, ayant parcouru une cinquantaine de
mètres sur le trottoir, Maigret se retourna, Gaillard était toujours debout sur le seuil et le suivait
des yeux.

7

C'ETAIT ARRIVÉ plusieurs fois, même souvent, mais jamais d'une façon aussi nette, aussi caractéristique. On travaille dans un sens donné, avec d'autant plus d'obstination qu'on est moins sûr de soi ou qu'on a moins d'éléments en main.

On se dit qu'on reste libre, le moment venu, de faire demi-tour et de chercher dans une nouvelle direction.

On envoie des inspecteurs à gauche et à droite. On croit piétiner, puis on découvre un petit élément nouveau et on se met à avancer avec prudence.

Et voilà que soudain, au moment où on s'y attend le moins, l'enquête vous échappe des mains. On ne la dirige plus. Ce sont les événements qui commandent et vous obligent à prendre des mesures que vous n'aviez pas prévues, auxquelles vous n'étiez pas préparé.

Dans ces cas-là, il y a une ou plusieurs mauvaises heures à passer. On s'interroge. On se demande si on n'est pas parti, dès le début, dans la mauvaise voie, et si on ne va pas se trouver devant le vide ou, pis, devant une réalité différente de ce qu'on avait imaginé.

Quel avait été, en définitive, le seul point de départ de Maigret? une simple conviction, étayée, il est vrai, par l'expérience : *les gens du milieu, les truands, comme on dit aujourd'hui, n'étranglent pas*. Ils jouent du revolver, parfois du couteau, mais, dans les annales de la P.J., il n'y avait pas trace d'un seul crime par strangulation à leur imputer.

Une seconde idée admise, c'est qu'ils abandonnent leur victime sur place. Pas un cas non plus, dans les archives, d'un truand ayant conservé chez lui un cadavre pendant plusieurs jours avant d'aller le déposer sur un trottoir.

Ainsi, le commissaire s'était hypnotisé sur la dernière soirée d'Emile Boulay, sur ses appels téléphoniques, sur l'attente, au bord du trottoir, près d'un Mickey en uniforme, jusqu'au moment où l'ancien garçon s'était éloigné délibérément vers le bas de la rue Pigalle.

Toute la construction de Maigret tenait sur cette base et sur l'histoire du demi-million retiré de la banque le 22 mai.

Elle supposait qu'il n'y avait aucun drame passionnel dans la petite Italie de la rue Victor-Massé, que les trois femmes s'entendaient aussi

bien qu'elles en avaient l'air, que Boulay n'avait
pas de maîtresse ailleurs et enfin qu'Antonio était
un garçon honnête.

Qu'une seule de ces hypothèses — de ces
convictions plutôt — soit inexacte, et toute son
enquête était par terre.

Est-ce pour cela qu'il gardait son air grognon
et qu'il n'avançait qu'avec une certaine répugnance?

Il faisait chaud, cet après-midi; le soleil frappait en plein la fenêtre, de sorte que le commissaire avait baissé le store. Lucas et lui avaient
retiré leur veston et, portes fermées, se livraient à
un travail qui aurait sans doute fait hausser les
épaules au juge d'instruction.

Il est vrai que celui qui était chargé de l'affaire
les laissait en paix, convaincu qu'il s'agissait
d'un règlement de comptes sans importance, et la
presse ne se manifestait pas davantage.

— Un avocat ne tue pas ses clients...

Cela devenait une ritournelle dont Maigret ne
parvenait pas plus à se débarrasser que d'une
chanson trop souvent entendue à la radio ou à la
télévision.

— Un avocat...

Il s'était pourtant rendu, ce matin, après
l'enterrement, chez M° Jean-Charles Gaillard,
mais s'était montré aussi prudent que possible.
Comme par hasard, en sortant de l'église, il
l'avait accompagné jusqu'à la rue La Bruyère et,

s'il avait posé quelques questions, il avait eu soin
de ne pas insister.

— Un avocat ne tue pas...

Ce n'était pas plus sûr, ni plus raisonné, que
l'autre assertion dont il était parti.

— Les truands n'étranglent pas...

Seulement, on ne convoque pas un avocat connu
au quai des Orfèvres et on ne lui fait pas subir un
interrogatoire de plusieurs heures sans risquer
d'avoir le Barreau, sinon tout l'appareil judiciaire,
sur le dos.

Certaines professions sont plus sensibles que
les autres. Il s'en était aperçu quand il avait
téléphoné à son ami Chavanon, puis quand il
avait rendu visite à l'ineffable M° Ramuel.

— Un avocat ne tue pas ses clients...

Or, c'était des clients de Jean-Charles Gaillard
que les deux hommes s'occupaient, dans l'atmosphère dorée du bureau de Maigret. Lucas était
revenu du tribunal avec une liste qu'un greffier
l'avait aidé à établir.

Et Lucas, lui aussi, commençait à avoir une
idée derrière la tête. C'était encore vague. Il ne
parvenait pas à exprimer le fond de sa pensée.

— Le greffier m'a dit quelque chose de
curieux...

— Quoi?

— D'abord, quand j'ai cité le nom de Jean-
Charles Gaillard, il a eu un drôle de sourire...
Puis je lui ai demandé la liste des causes dont
celui-ci s'était chargé pendant les deux dernières

années et son regard est devenu encore plus mali-
cieux...

« — Vous n'en trouverez pas beaucoup... m'a-
t-il dit.

« — Parce qu'il a peu de clientèle?

« — Au contraire! A ce que j'entends, il a un
très gros cabinet et on prétend qu'il gagne plus
d'argent que certains maîtres du Barreau qui
plaident chaque semaine aux assises... »

Lucas continuait, intrigué.

— J'ai essayé de le faire parler, mais, pendant
tout un temps, il a fouillé ses dossiers en silence.
De temps en temps, notant un nom et une date
sur une feuille, il grommelait :

« — Un acquittement...

« Un peu plus tard :

« — Un autre acquittement...

« Et il avait toujours son air malin qui m'exas-
pérait.

« — Tiens! Une condamnation... Avec sursis,
évidemment!...

« Cela a duré un bout de temps. La liste
s'allongeait. Les acquittements succédaient aux
acquittements et aux condamnations avec sursis
ou à des peines légères...

« J'ai fini par insinuer :

« — Il doit être très fort...

« Alors, il m'a regardé comme s'il se moquait
doucement de moi et il a daigné laisser tomber :

« — Il sait surtout choisir ses causes... »

C'était cette phrase-là qui intriguait Lucas et

sur laquelle le cerveau de Maigret s'était mis à travailler.

Il est évidemment plus agréable, non seulement pour l'accusé, mais pour son défenseur, de gagner un procès que de le perdre. Sa réputation ne fait que s'accroître et sa clientèle augmente à chaque nouveau succès.

Choisir ses causes...

Pour le moment, les deux hommes épluchaient la liste que Lucas avait apportée. Ils avaient procédé à un premier tri. Sur une feuille, l'inspecteur avait noté les affaires plaidées au civil. Comme ce domaine ne leur était familier ni à l'un ni à l'autre, il était préférable de ne pas s'en occuper à présent.

Les autres affaires, en fin de compte, étaient assez peu nombreuses, une trentaine en deux ans. Ce qui permettait à Jean-Charles Gaillard d'affirmer :

— Je ne plaide pas souvent...

Lucas prenait les noms un à un.

— Hippolyte Tessier... Faux et usage de faux... Acquitté le 1er septembre...

Tous les deux cherchaient dans leur mémoire. S'ils n'y trouvaient rien, Maigret allait ouvrir la porte du bureau des inspecteurs.

— Tessier... Faux et usage de faux... Cela vous dit quelque chose?

— N'est-ce pas un ancien directeur de casino, quelque part en Bretagne, qui a essayé de monter une maison de jeu clandestine à Paris?

On passait au suivant.

— Julien Vendre... Cambriolage... Acquitté...
Celui-ci, Maigret s'en souvenait. C'était un
homme discret, aux allures de petit employé
triste, qui s'était spécialisé dans les vols de tran-
sistors. On ne l'avait pas pris la main dans le sac
et il n'y avait aucune preuve formelle contre lui.
Le commissaire avait recommandé au juge de ne
pas le poursuivre, mais d'attendre qu'il se
mouille davantage...

— Inscris-le sur la troisième feuille...

Pendant ce temps, le gros Torrence était ins-
tallé dans l'ombre d'un bistrot; en face de la
maison de l'avocat, et une voiture de la police,
sans marque distinctive, attendait à quelques
mètres le long du trottoir, non loin de l'auto
américaine bleue.

Si Torrence devait passer l'après-midi entier
devant son guéridon, à surveiller la porte d'en
face, combien de demis ingurgiterait-il?

— Urbain Potper... Recel... Un an de prison
avec sursis...

C'était Lucas qui s'en était occupé quelques
mois plus tôt et l'homme était venu plusieurs fois
au quai des Orfèvres, gras et aussi peu soigné que
M. Raison, le comptable, avec des poils noirs qui
lui sortaient en touffes des narines.

Il tenait un magasin de bric-à-brac boulevard
de La Chapelle. On y trouvait de tout, de vieilles
lampes à pétrole aussi bien que des réfrigérateurs
et que des nippes usées jusqu'à la corde.

— Je suis un honnête commerçant... Modeste, mais honnête... J'ignorais quand cet individu est venu me vendre des tuyaux de plomb, qu'il les avait volés... Je l'ai pris pour...

A chaque nom, Maigret hésitait... Dix fois la porte du bureau des inspecteurs fut ouverte.

— Inscris...

— Gaston Mauran... Vol de voitures...

— Un petit roux?

— Ce n'est pas inscrit sur mon papier...

— Au printemps dernier?

— Oui... Au mois l'avril... Il s'agit d'une bande qui maquillait les voitures et les envoyait en province chez des revendeurs...

— Appelle Dupeu...

L'inspecteur Dupeu s'était occupé de cette affaire et, par chance, se trouvait dans le bureau voisin.

— C'est bien un petit roux qui nous a servi l'histoire de sa vieille mère malade?

— Oui, patron... Il y avait en effet une vieille mère malade... Il n'avait alors que dix-neuf ans... C'était le moins important de la bande... Il se contentait de faire le guet pendant que Justin-le-Fou piquait les voitures...

Deux affaires de proxénétisme; d'autres cambriolages. Rien de retentissant. Rien qui ait occupé la première page des journaux.

Par contre, tous les clients de l'avocat étaient plus ou moins des professionnels.

— Continue... soupirait Maigret.

— C'est fini... Vous m'aviez dit de ne pas remonter plus loin que deux ans...

Il n'y avait pas de quoi occuper l'activité d'un avocat qui vivait dans un hôtel particulier, même si ce n'était en réalité qu'une maison assez ordinaire.

Il fallait compter, bien entendu, avec les affaires qui n'étaient pas allées jusqu'au tribunal et qui étaient sans doute les plus nombreuses.

Il y avait encore une autre clientèle, celle pour laquelle Jean-Charles Gaillard, comme il le faisait pour Boulay, établissait les déclarations de revenus.

Maigret souffrait. Il avait chaud. Il avait soif. Il lui semblait qu'il s'enlisait et il était tenté de tout reprendre à zéro.

— Appelle-moi l'inspecteur des contributions directes du IX⁰ arrondissement...

Cela ressemblait à un coup d'épée dans l'eau mais, au point où il en était, il n'avait le droit de rien négliger.

— Comment?... M. Jubelin?... Eh bien! passez-moi M. Jubelin... De la part du commissaire Maigret... De la Police Judiciaire, oui... Allô!... Non! le commissaire désire parler à M. Jubelin en personne...

L'inspecteur devait être un homme occupé, ou imbu de ses hautes fonctions, car cela prit près de cinq minutes pour l'avoir au bout du fil.

— Allô!... Je vous passe le commissaire...

Maigret saisit l'appareil en soupirant.

— Je suis navré de vous déranger, monsieur
Jubelin... Je désire seulement vous demander un
renseignement... Vous dites?... Oui, il s'agit
indirectement d'Emile Boulay... Vous avez lu les
journaux... Je comprends... Non, ce ne sont pas
ses déclarations qui m'intéressent... Cela pourrait
se présenter plus tard, mais, dans ce cas, je vous
promets de suivre la voie administrative... Mais
oui ! Je comprends vos scrupules...

« Ma question est un peu différente... Boulay
a-t-il eu des difficultés avec vous?... C'est ce que
je veux dire... Avez-vous eu l'occasion, par
exemple, de le menacer de poursuites... Non !...
C'est ce que je pensais... Comptabilité parfaite-
ment en règle... C'est ça... C'est ça... »

Il écoutait en hochant la tête et en crayonnant
sur son buvard. La voix de M. Jubelin était si
vibrante que Lucas entendait presque tout ce
qu'il disait.

— En somme, il avait un bon conseiller... Un
avocat, je sais... Jean-Charles Gaillard... C'est
justement à lui que je désire en arriver... Je suppose qu'il s'occupait de plusieurs de vos contri-
buables?... Comment dites-vous?... De beaucoup
trop?...

Maigret adressait un clin d'œil à Lucas et
s'armait de patience, car l'inspecteur devenait
tout à coup volubile.

— Oui... Oui... Très habile, évidemment...
Comment?... Des déclarations inattaquables...
Vous avez essayé?... Sans résultat... Je vois...

Permettez-moi encore une question... A quelle
classe sociale appartenaient surtout les clients de
Gaillard?... Un peu de tout, je comprends...
Oui... Oui... Beaucoup du quartier... Des propriétaires d'hôtels, de restaurants et de cabarets... Evidemment, c'est difficile... »

Cela dura encore près de dix minutes, mais le
commissaire n'écoutait plus que d'une oreille dis-
traite car son interlocuteur, si réticent au début,
racontait avec force détails sa lutte contre les
fraudeurs de l'impôt.

— Ouf!... soupira-t-il en raccrochant. Tu as
entendu?

— Pas tout...

— Comme je m'y attendais, les déclarations
d'Emile Boulay étaient inattaquables... Le Jubelin a répété ce mot je ne sais combien de fois avec
nostalgie... Depuis des années, il essaie de le
prendre en défaut... L'an dernier encore, il a
épluché toute sa comptabilité sans y trouver la
moindre paille...

— Et les autres?

— Justement! Il en est ainsi avec tous les
clients de Jean-Charles Gaillard.

Maigret regardait rêveusement la liste établie
par l'inspecteur. Il se souvenait du mot du greffier :

— *Il sait choisir ses causes...*

Or, dans le domaine fiscal, aussi, l'avocat
savait choisir ses clients : hôteliers de Montmartre ou d'ailleurs qui louent des chambres, non

seulement à la nuit, mais à l'heure, tenanciers de
bars comme Jo-le-Catcheur, propriétaires de cabarets ou de chevaux de courses...

Comme disait Jubelin un peu plus tôt à l'appareil :

— Avec ces gens-là, il est difficile de faire la
preuve des rentrées et des frais généraux...

Debout devant son bureau, Maigret parcourait
une fois de plus la liste des yeux. Il fallait choisir
et, de son choix, allait peut-être dépendre le reste
de l'enquête.

— Appelle-moi Dupeu...

L'inspecteur revint dans le bureau.

— Tu sais ce qu'est devenu Gaston Mauran,
dont tu nous as parlé tout à l'heure?

— Il y a un mois ou deux, je l'ai aperçu à la
pompe d'un garage de l'avenue d'Italie... Bien
par hasard... Je conduisais ma femme et les
gosses à la campagne et je me demandais où
j'allais faire le plein d'essence...

— Va téléphoner au patron du garage pour
t'assurer que Mauran travaille toujours chez
lui... Qu'il ne lui dise rien... Je n'ai pas envie
qu'il prenne peur et nous glisse entre les
doigts...

Si cela ne marchait pas avec celui-ci, il en
choisirait un autre, puis un autre encore, et ainsi
de suite jusqu'à ce que Maigret découvre ce qu'il
cherchait.

Or, ce qu'il cherchait n'était pas très précis. Il
y avait, dans toutes les affaires de l'avocat, une

certaine caractéristique, comme un point commun
qu'il aurait eu de la peine à définir.

— *Un avocat ne tue pas ses clients...*

— Vous avez encore besoin de moi, patron?

— Reste, oui...

Il parlait comme pour lui-même, pas fâché
d'avoir un auditeur.

— Au fond, tous avaient de bonnes raisons
pour lui être reconnaissants... Ou bien ils passaient devant le tribunal et étaient acquittés... Ou
bien l'inspecteur des contributions était obligé de
s'incliner devant leurs déclarations... Je ne sais
pas si tu vois ce que je veux dire... Un avocat,
d'habitude, fait fatalement des mécontents... S'il
perd une cause, si son client est salé...

— Je vois, patron...

— Or, ce n'est pas facile de choisir...

Dupeu revenait.

— Il travaille toujours au même garage... Il y
est en ce moment...

— Tu vas prendre une voiture dans la cour et
tu me le ramèneras le plus vite possible... Ne
l'affole pas... Dis-lui qu'il s'agit d'une simple
vérification... Il ne faut pas qu'il soit trop ras-
suré non plus...

Il était quatre heures et demie et la chaleur ne
diminuait pas, au contraire. L'air stagnait. La
chemise de Maigret commençait à lui coller au
corps.

— Si on allait prendre un demi?

Un court entracte, en attendant Gaston Mauran, à la Brasserie Dauphine.

Au moment où les deux hommes allaient quitter le bureau, la sonnerie du téléphone retentit. Le commissaire hésita à revenir sur ses pas, finit pourtant, par acquit de conscience, par décrocher.

— C'est vous, patron? Ici, Torrence...

— Je reconnais ta voix. Alors?

— Je vous téléphone de l'avenue de la Grande-Armée.

— Qu'est-ce que tu fais là?

— Il y a une vingtaine de minutes, Gaillard est sorti de chez lui et a pris place dans sa voiture. J'ai eu la chance qu'un encombrement, au coin de la rue Blanche, me permette de sauter dans la mienne et de le rattraper.

— Il n'a pas remarqué qu'il était suivi?

— Certainement pas... Vous allez comprendre pourquoi j'en suis sûr... Il s'est tout de suite dirigé vers l'Etoile, en prenant au plus court... Le trafic ne lui permettait pas de rouler vite et, avenue de la Grande-Armée, il a encore ralenti... On a passé un derrière l'autre devant plusieurs garages... Il avait l'air d'hésiter... En fin de compte, il est entré avec l'auto au Garage Moderne, près de la porte Maillot...

« Moi, j'ai attendu dehors... Ce n'est que quand je l'ai vu sortir, à pied, et se diriger vers le Bois, que je suis entré à mon tour... »

C'était justement le petit fait imprévu qui
allait enlever à Maigret sa liberté d'agir, ou plus
exactement le forcer à agir à un certain moment,
d'une certaine façon qu'il n'avait pas prévue.

Son visage, tandis qu'il écoutait parler Torrence, devenait de plus en plus grave et il ne
semblait plus penser au verre de bière qu'il s'était
promis.

— C'est une grande boîte, avec un système
automatique pour le lavage des autos... J'ai dû
montrer ma médaille au contremaître... Jean-
Charles Gaillard n'est pas un client régulier...
On ne se souvient pas l'avoir vu au garage... Il a
demandé si on pouvait lui laver sa voiture en une
heure au maximum... Il doit repasser vers cinq
heures et demie...

— Ils ont commencé le travail?

— Ils allaient le faire, mais je leur ai demandé
d'attendre...

Il fallait prendre, tout de suite, une décision.

— Qu'est-ce que je fais?

— Tu restes là et tu empêches qu'on touche à
l'auto... Je vais t'envoyer quelqu'un qui la ra-
mènera ici... N'aie pas peur... Il aura des papiers
en règle...

— Et quand Gaillard reviendra?

— Tu auras un inspecteur avec toi... Je ne sais
pas encore qui... Je préfère que vous soyez deux...
Tu te montreras très poli, mais tu t'arrangeras
néanmoins pour qu'il t'accompagne jusqu'ici...

Il pensa au jeune voleur d'autos qu'il attendait.

— Ne l'introduis pas tout de suite dans mon
bureau... Fais-le patienter... Il va probablement
le prendre de haut... Ne te laisse pas impressionner... Empêche surtout qu'il téléphone...

Torrence soupira sans enthousiasme :

— Bien, patron... Mais faites vite... Cela
m'étonnerait, par cette chaleur, qu'il déambule
longtemps dans les allées du Bois...

Maigret hésita à se précipiter chez le juge
d'instruction pour mettre sa responsabilité à couvert. Mais il était presque sûr que le magistrat
l'empêcherait d'agir selon son instinct.

Dans le bureau voisin, il dévisageait les inspecteurs l'un après l'autre.

— Vacher...

— Oui, patron...

— Tu as déjà conduit une voiture américaine?

— Cela m'est arrivé...

— Tu fileras au Garage Moderne, avenue de la
Grande-Armée. C'est tout en bas, près de la porte
Maillot... Tu y trouveras Torrence, qui te dési-
gnera une auto bleue... Ramène-la dans la cour
en y touchant le moins possible...

— Compris...

— Toi, Janin, tu vas l'accompagner, mais tu
resteras au garage avec Torrence... Il a des instructions...

Il regarda sa montre. Il n'y avait qu'un quart

d'heure que Dupeu était parti pour l'avenue
d'Italie. Il se tourna vers Lucas.

— Viens...

A condition de faire vite, ils avaient quand
même droit à leur verre de bière.

8

AVANT DE FAIRE
introduire le mécanicien, Maigret avait questionné Dupeu.

— Comment cela s'est-il passé?

— D'abord, il a paru surpris et m'a demandé
si je travaillais avec vous. Il me semblait plus
intrigué qu'inquiet. Deux fois, il a répété :

« — Vous êtes sûr que c'est le commissaire
Maigret qui veut me voir?

« Puis il est allé se laver les mains avec de
l'essence et a retiré sa salopette. En chemin, il ne
m'a posé qu'une question :

« — On a le droit de reprendre une affaire qui
a été jugée? »

— Qu'as-tu répondu?

— Que je ne savais pas, que je supposais que
non. Tout le long du chemin, il est resté perplexe.

— Fais-le entrer et laisse-nous...

Mauran aurait été bien étonné, au moment où on l'introduisait dans le bureau, d'apprendre que le fameux commissaire avait plus le trac que lui. Il le regardait s'avancer dans la pièce, un jeune homme dégingandé, les cheveux roux en broussaille, les yeux d'un bleu de porcelaine, des taches de rousseur autour du nez.

— Les autres fois, commença-t-il, comme s'il tenait à attaquer, vous vous êtes contenté de me faire questionner par vos inspecteurs...

Il y avait chez lui de la roublardise et de la naïveté tout ensemble.

— J'aime mieux vous dire tout de suite que je n'ai rien fait...

Il n'avait pas peur. Cela l'impressionnait de se trouver là, certes, seul à seul avec le grand patron, mais il n'avait pas peur.

— Tu es bien sûr de toi...

— Pourquoi ne le serais-je pas?... Le tribunal a reconnu mon innocence, non?... Enfin, presque mon innocence... Et je me suis montré gentil, vous le savez mieux que personne...

— Tu veux dire que tu as donné tes complices?

— Ils avaient abusé de ma naïveté, l'avocat l'a prouvé... Il a expliqué que j'ai eu une enfance difficile, que ma mère est à ma charge, qu'elle est malade...

Maigret, tandis qu'il parlait, avait une curieuse impression. Le mécano s'exprimait avec une cer-

taine emphase, forçant sur son accent de titi pari-
sien; en même temps, il avait un pétillement
amusé dans les prunelles comme s'il se sentait
satisfait du rôle qu'il jouait.

— Je suppose que ce n'est pas pour cette his-
toire-là qu'on est venu me chercher? Depuis, je
me tiens peinard, je défie n'importe qui de prétendre le contraire... Alors?...

Il s'asseyait sans y être invité, ce qui est rare,
tirait même un paquet de Gauloises de sa
poche.

— Je peux?

Et Maigret, l'observant toujours, faisait oui de
la tête.

— Et si, pour une raison quelconque, on
recommençait l'enquête?

Mauran tressaillit, soudain méfiant.

— C'est pas possible...

— Supposons que j'aie certains points à éclair-
cir...

Le téléphone sonnait sur le bureau de Maigret
et la voix de Torrence annonçait :

— Il est ici...

— Il a protesté?

— Pas trop. Il prétend qu'il est pressé et il
désire vous voir tout de suite...

— Dis-lui que je le recevrai dès que je serai
libre...

Gaston Mauran écoutait, sourcils froncés,
comme s'il se demandait quelle comédie on lui
jouait.

— C'est du bidon, hein? lança-t-il après que le
commissaire eut raccroché.

— Qu'est-ce qui est du bidon?

— De m'amener ici... D'essayer de me faire
peur... Vous savez bien que tout est arrangé...

— Qu'est-ce qui est arrangé?

— Je suis clair, quoi!... On ne me fait plus de
misères...

A cet instant, non sans gaucherie, il fit un clin
d'œil qui troubla Maigret plus que tout le
reste.

— Ecoute, Mauran, c'est l'inspecteur Dupeu
qui s'est occupé de toi...

— Celui qui vient de m'amener, oui... Je ne
me rappelais pas son nom... Il a été régulier...

— Qu'est-ce que tu appelles régulier?

— Il a été régulier, quoi!...

— Mais encore?

— Vous ne comprenez pas?

— Tu veux dire qu'il ne t'a pas tendu de
pièges et qu'il t'a questionné gentiment?

— Je suppose qu'il m'a questionné comme il
devait me questionner...

Il y avait, sous les mots, dans l'attitude du
jeune homme, quelque chose d'équivoque que le
commissaire s'efforçait de définir.

— Il le fallait bien, non?

— Parce que tu étais innocent?

On aurait dit que Mauran, de son côté, devenait mal à l'aise, qu'il ne comprenait plus, que

les paroles de Maigret le déroutaient autant que
les siennes déroutaient le policier.

— Dites donc... lança-t-il encore, hésitant,
après avoir aspiré une bouffée de fumée.

— Quoi?

— Rien...

— Qu'as-tu voulu dire?

— Je ne sais plus... Pourquoi m'avez-vous fait
venir?

— Qu'as-tu voulu dire?

— Il me semble que quelque chose ne tourne
pas rond...

— Je ne comprends pas...

— Vous en êtes sûr? Dans ce cas, je fais
mieux de la fermer...

— Il est un peu tard... Qu'as-tu voulu
dire?...

Maigret n'était pas menaçant, mais ferme.
Debout, à contre-jour, il formait une masse solide
que Gaston Mauran commençait à regarder avec
une sorte de panique.

— Je veux m'en aller... balbutia-t-il en se
levant soudain.

— Pas avant que tu aies parlé.

— C'est un piège, alors?... Qu'est-ce qui a
foiré?... Il y a quelqu'un, dans l'histoire, qui n'a
pas joué le jeu?...

— Quel jeu?

— Dites-moi d'abord ce que vous savez...

— Ici, j'interroge... Quel jeu?...

— Vous me répéterez ça jusqu'à demain s'il le

faut, pas vrai?... On me l'avait dit, mais je ne
l'avais pas cru...

— Qu'est-ce qu'on t'avait encore dit?

— Qu'on se montrerait gentil avec moi...

— Qui t'a dit ça?

Le garçon détournait la tête, décidé à se taire,
sentant pourtant qu'il finirait par céder.

— Ce n'est pas de jeu... finit-il par grommeler
entre ses dents.

— Quoi?

Alors, Mauran se fâcha soudain et, dressé sur
ses ergots, fit face au commissaire.

— Vous ne le savez pas, non?... Et les cent
mille balles, alors?...

Il fut si impressionné par le visage de Maigret
que les bras lui en tombèrent. Il voyait la masse
imposante s'avancer vers lui, deux mains puis-
santes qui se tendaient, le saisissaient aux
épaules et commençaient à le secouer.

Maigret n'avait jamais été aussi pâle de sa vie.
Son visage, sans expression, ressemblait à un
bloc de pierre.

Sa voix neutre, impressionnante, ordonnait :

— Répète !...

— Les... les... Vous me faites mal...

— Répète !...

— Les cent mille francs...

— Quels cent mille francs?

— Lâchez-moi... Je dirai tout...

Maigret lui rendait la liberté de ses mouvements mais restait livide et, à certain moment, il

porta la main à sa poitrine où le cœur battait à
grands coups.

— Je suppose que j'ai été un pigeon...

— Gaillard?

Mauran faisait oui de la tête.

— Il t'a promis qu'on serait gentil avec toi?

— Oui... Il n'a pas dit gentil... Il a dit compréhensif...

— Et que tu serais acquitté?

— Qu'au pire, j'obtiendrais le sursis...

— Il t'a fait payer cent mille francs pour te
défendre?

— Pas pour me défendre... C'était à part...

— Pour les remettre à quelqu'un?...

Le jeune mécano était si impressionné que des
larmes lui en montaient aux yeux.

— A vous...

Maigret resta immobile pendant deux bonnes
minutes, les poings serrés, et enfin, lentement,
un peu de couleur remonta à son visage.

Soudain, il tourna le dos à son visiteur et, bien
que le store fût baissé, il resta encore un certain
temps campé devant la fenêtre.

Quand il fit face, il avait presque repris son
expression habituelle, mais on aurait juré qu'il
avait vieilli, qu'il était soudain très las.

Il alla s'asseoir à son bureau, désigna une
chaise, se mit machinalement à bourrer une
pipe.

— Fume...

Il disait cela comme un ordre, comme pour
conjurer Dieu sait quels démons.

Doucement, la voix feutrée, assourdie, il continuait :

— Je suppose que tu m'as dit la vérité...

— Je le jure sur la tête de ma mère...

— Qui t'a envoyé chez Jean-Charles Gaillard.

— Un vieux qui habite le boulevard de la
Chapelle...

— N'aie pas peur... On ne refera pas ton
procès... Il s'agit d'un certain Potier, qui tient un
bric-à-brac...

— Oui...

— Tu chapardais et tu lui refilais les objets
volés...

— Ce n'est pas arrivé souvent...

— Que t'a-t-il dit?

— D'aller voir cet avocat-là...

— Pourquoi lui plutôt qu'un autre?

— Parce qu'il était de mèche avec la police...
Je comprends à présent que ce n'est pas vrai... Il
m'a refait de cent mille francs...

Maigret réfléchissait.

— Ecoute. Dans un instant, on introduira
quelqu'un dans ce bureau. Tu ne lui adresseras
pas la parole. Tu te contenteras de le regarder et
d'accompagner ensuite l'inspecteur dans une
pièce voisine...

— Vous savez, je vous demande pardon... On

m'avait fait croire que ça se passait toujours
ainsi...

Maigret parvint à lui sourire.

— Allô!... Torrence?... Veux-tu me l'amener?... J'ai quelqu'un dans mon bureau que tu
garderas là-bas pour le cas où j'aurais besoin de
lui... Tout de suite, oui...

Il fumait, paisible en apparence, mais il avait
comme une boule dans la gorge. Il fixait la porte
qui allait s'ouvrir, qui s'ouvrait; il voyait l'avocat, élégant dans un complet gris clair, qui faisait
rapidement trois ou quatre pas, l'air mécontent,
ouvrait la bouche pour parler, pour protester, et
qui découvrait soudain Gaston Mauran.

Torrence ne pouvait rien comprendre à cette
scène muette. Jean-Charles Gaillard s'était arrêté
net. Son visage avait changé d'expression. Le
jeune homme, mal à l'aise, se levait de sa chaise
et, sans regarder le nouveau venu, se dirigeait
vers la porte.

Il ne restait que deux hommes face à face.
Maigret, les deux mains à plat sur le bureau,
luttait pour ne pas se lever, pour ne pas marcher
lourdement vers son visiteur et, encore que celui-
ci fût plus grand et plus massif que lui, pour ne
pas le frapper sur les deux joues.

Au lieu de cela, il prononçait d'une voix
étrangement faible :

— Asseyez-vous...

Il devait être encore plus impressionnant que
quand il avait saisi le jeune mécano aux épaules,

car l'avocat obéit automatiquement, oubliant de
protester contre l'enlèvement de sa voiture et
contre le fait que deux inspecteurs sans mandat
l'aient amené au quai des Orfèvres, où on l'avait
fait attendre comme le premier suspect venu.

— Je suppose, commençait Maigret avec lassi-
tude, comme si, pour lui, cette affaire était terminée, que vous avez compris la situation...

Et, comme l'avocat tentait de répliquer :

— Laissez-moi parler... Je serai aussi bref que
possible, car il m'est pénible de rester en tête à
tête avec vous...

— Je ne sais pas ce que ce garçon...

— Je vous ai ordonné de vous taire... Je ne vous
ai pas fait venir ici pour vous questionner... Je ne
vous demanderai aucune explication... Si j'avais
suivi mon premier mouvement, je vous aurais
envoyé au Dépôt sans vous voir et vous y auriez
attendu les résultats des expertises...

Il faisait glisser devant lui la liste numéro 3,
celle des clients de Gaillard qui avaient passé en
correctionnelle et qui avaient été acquittés ou
condamnés à des peines légères.

Il lisait les noms sur un ton monotone, comme
s'il récitait des litanies. Puis, levant la tête, il
ajoutait :

— Inutile de préciser que ces personnes seront
interrogées... Certaines se tairont... Ou plutôt
elles commenceront par se taire... Quand elles
apprendront que les sommes versées dans un but
précis ne sont jamais arrivées à destination...

Le visage de Gaillard avait changé aussi. Il
s'efforçait pourtant de tenir tête, commençait une
phrase :

— J'ignore ce que ce jeune voyou...

Alors, Maigret frappa la table d'un coup de
poing qui fit sursauter tous les objets.

— Taisez-vous! hurla-t-il. Je vous interdis,
jusqu'à ce que je vous y invite, d'ouvrir la
bouche...

On avait entendu le coup de poing du bureau
des inspecteurs, où tout le monde se regardait.

— Je n'ai pas besoin de vous expliquer comment vous procédiez... Et je comprends pourquoi
vous choisissiez avec soin vos clients... Sachant
qu'ils seraient acquittés, ou frappés d'une peine
légère, il n'était pas difficile de leur faire croire
que, grâce à un versement...

Non! Il ne pouvait plus parler de ça.

— J'ai tout lieu de croire que mon nom n'a pas
été le seul utilisé... Vous vous occupiez de déclarations de revenus... Tout à l'heure, je suis entré
en contact avec M. Jubelin et j'aurai un long
entretien avec lui...

Sa main tremblait encore un peu cependant
qu'il allumait sa pipe.

— L'enquête sera longue, délicate. Ce que je
peux vous affirmer, c'est qu'elle sera menée avec
une minutie exemplaire...

Gaillard avait renoncé à le défier du regard et
baissait la tête, les mains sur les genoux, avec, à

la gauche, le vide laissé par les quatre doigts manquant.

Le regard du commissaire tomba sur cette main-là et il eut comme une hésitation.

— Quand l'affaire passera aux Assises, on évoquera votre conduite pendant la guerre, sans doute aussi votre mariage avec une femme habituée à une vie brillante, la maladie qui l'a pratiquement retranchée du monde...

Il se renversa en arrière dans son fauteuil, ferma les yeux.

— On vous trouvera des circonstances atténuantes... Pourquoi aviez-vous de tels besoins d'argent alors que votre femme ne sortait plus et que vous meniez en apparence une vie solitaire, consacrée au travail?... Je n'en sais rien et je ne vous le demande pas...

« Les questions, d'autres vous les poseront, vous comprenez peut-être pourquoi... C'est la première fois, monsieur Gaillard que... »

Sa voix s'étouffa une fois de plus et, sans vergogne, il se leva, se dirigea vers le placard où il saisit la bouteille de cognac et un verre. Cette bouteille n'était pas là pour lui mais pour certains qui, au cours d'un long et dramatique interrogatoire, en avaient besoin.

Il vida le verre d'un trait, retourna à sa place, ralluma sa pipe éteinte.

Il était un peu plus calme et parlait maintenant d'un ton dégagé, comme si l'affaire ne le concernait plus personnellement.

— En ce moment même, des experts sont occupés à passer votre voiture au peigne fin... Je ne vous apprends rien en vous disant que, si elle a servi à transporter un cadavre, il y a des chances pour que celui-ci ait laissé des traces... Vous y avez si bien pensé qu'après ma visite de ce matin vous avez éprouvé le besoin de la faire laver...

« Silence ! Pour la dernière fois je vous ordonne de vous taire, faute de quoi on vous conduit sans plus attendre dans une cellule du Dépôt...

« Je vous annonce aussi qu'une équipe de spécialistes est en route pour la rue La Bruyère... »

Gaillard tressaillit, balbutia :

— Ma femme...

— Ils ne vont pas là-bas pour s'occuper de votre femme... Ce matin, par la fenêtre, j'ai aperçu une sorte de hangar dans la cour... Il sera examiné centimètre carré par centimètre carré... La cave aussi... Et le reste de la maison, jusqu'au grenier, s'il le faut... Ce soir, j'interrogerai vos deux domestiques... J'ai dit : silence !

« L'avocat que vous choisirez n'aura pas de peine à établir l'absence de préméditation... Le fait que votre voiture, par hasard, était en panne, et que vous n'aviez aucun moyen de transport pour vous débarrasser du corps le prouve... Vous avez dû attendre que l'auto vous soit ramenée et cela n'a pas été agréable de passer deux jours et trois nuits avec un corps dans la maison... »

Il finissait par parler pour lui-même, sans un
regard à son interlocuteur. Tous les menus faits
recueillis pendant les derniers jours lui reve-
naient à la mémoire et se mettaient en place.
Toutes les questions qu'il s'était posées trouvaient une réponse...

— Mazotti a été abattu le 17 mai et nous avons
questionné tous ceux qui, les derniers temps,
avaient été victimes de son rackett... Un de vos
clients, au moins, Emile Boulay, a reçu une première convocation...

« A-t-il pris immédiatement contact avec vous,
qui vous occupiez de ses affaires fiscales et qui
étiez intervenu dans deux autres affaires peu
importantes?

« Il est donc venu ici le 18 mai et on lui a posé
les questions de routine...

« Après quoi on l'a convoqué une seconde fois
pour le 22 ou le 23, j'ignore pourquoi, probablement parce que l'inspecteur Lucas avait des pré-
cisions à lui demander...

« Or, c'est le 22, dans l'après-midi, que Boulay est allé retirer cinq cent mille francs à sa
banque... Il lui fallait de l'argent liquide tout de
suite... Il ne pouvait pas attendre le soir pour le
prendre dans la caisse de ses cabarets...

« Et on ne retrouve nulle part la trace de cette
somme...

« Je ne vous demande pas si c'est vous qui
l'avez reçue... Je le sais... »

Il avait prononcé ces derniers mots avec un

mépris qu'il n'avait jamais exprimé devant une
créature humaine.

— Le 8 ou le 9 juin, Boulay recevait une troisième convocation pour le mercredi 12... Il prenait peur, car il avait la phobie du scandale...
Malgré son métier, peut-être justement à cause de
son métier, il tenait avant tout à sa respectabi-
lité...

« Le soir du 11 juin, veille de sa comparution,
il est inquiet, furieux aussi, car il a versé cinq
cent mille francs pour prix de sa tranquillité...

« Dès dix heures du soir, il commence à téléphoner chez vous, où personne ne répond. Il rap-
pelle un certain nombre de fois et, quand il vous a
enfin au bout du fil, vous acceptez de le recevoir
un quart d'heure ou une demi-heure plus
tard...

« Ce qu'il vous a dit, dans l'intimité de votre
cabinet, est facile à imaginer. Il avait payé pour
ne pas être mêlé à l'affaire Mazotti, pour que son
nom ne soit pas cité dans les journaux...

« Au lieu de le laisser en paix, comme il pouvait s'y attendre, la police prétendait le questionner à nouveau et, dans les couloirs de la P.J., il
risquait de rencontrer des journalistes et des
photographes.

« Il se sentait trompé. Il était aussi indigné
que, tout à l'heure, Gaston Mauran... Il vous a
annoncé qu'il parlerait à cœur ouvert et rappelle-
rait à la police le contrat passé avec elle...

« C'est tout...

« S'il sortait vivant de chez vous, s'il venait ici le lendemain matin et exhalait ses rancœurs...

« Le reste ne me regarde plus, monsieur Gaillard. Je ne tiens pas à recevoir vos aveux. »

Il décrocha le téléphone.

— Torrence?... Tu peux le laisser partir... N'oublie pas de prendre son adresse, car le juge d'instruction aura besoin de lui. Ensuite, tu viendras chercher la personne qui se trouve dans mon bureau...

Il attendait, debout, impatient d'être débarrassé de la présence de l'avocat.

Alors, celui-ci, tête basse, murmura d'une voix à peine distincte :

— Vous n'avez jamais eu de passion, monsieur Maigret?

Il feignit de n'avoir pas entendu.

— Moi, j'en ai eu deux...

Le commissaire préférait lui tourner le dos, bien décidé à ne pas se laisser apitoyer.

— Ma femme, d'abord, que j'ai essayé par tous les moyens de rendre heureuse...

Le ton était amer. Un silence suivait.

— Puis, quand elle a été confinée dans sa chambre et que j'ai éprouvé le besoin de me distraire malgré tout, j'ai trouvé le jeu...

On entendait des pas dans le couloir. De petits coups étaient frappés à la porte.

— Entre!...

Torrence restait debout dans l'encadrement.

— Tu l'emmènes dans le bureau du fond jusqu'à mon retour du Palais...

Il ne regarda pas Gaillard sortir. Quand il décrocha le téléphone, ce fut pour demander au juge d'instruction s'il pouvait le recevoir tout de suite.

Un peu plus tard, il franchissait la petite porte vitrée qui sépare le domaine de la police de celui des magistrats.

Il fut une heure absent de la P.J. Lorsqu'il revint, il tenait un papier officiel à la main. Il ouvrit la porte du bureau des inspecteurs, trouva Lucas impatient de savoir.

Sans explications, il lui tendit le mandat d'amener au nom de Jean-Charles Gaillard.

— Il est dans le bureau du fond, avec Torrence... Vous le conduirez tous les deux au Dépôt...

— On lui passe les menottes?

C'était la règle, à laquelle il y avait quelques exceptions. Maigret ne voulut pas avoir l'air de se venger. Les derniers mots de l'avocat commençaient à le troubler.

— Non...

— Qu'est-ce que je dis au gardien?... On lui retire sa cravate, sa ceinture, ses lacets?

Toujours la règle et toujours les accommodements!

Maigret hésita, fit non de la tête et resta seul dans son bureau.

-:-

Quand il rentra dîner ce soir-là, avec un certain
retard, Mme Maigret remarqua que ses yeux
étaient luisants, un peu fixes, et que son haleine
sentait l'alcool.

Il ouvrit à peine la bouche pendant le repas et
il se leva pour fermer la télévision qui l'aga-
çait.

— Tu sors?

— Non.

— Ton affaire est terminée?

Il ne répondit pas.

Il eut un sommeil agité, se leva d'humeur
maussade, décida de se rendre à pied quai des
Orfèvres comme cela lui arrivait parfois.

Il venait à peine de pénétrer dans son bureau
que la porte des inspecteurs s'ouvrait. Lucas la
refermait derrière lui, grave et mystérieux.

— J'ai une nouvelle à vous annoncer,
patron...

Devinait-il ce que l'inspecteur allait dire?
Lucas se posa toujours cette question et ne connut
jamais la réponse.

— Jean-Charles Gaillard s'est pendu dans sa
cellule...

Maigret ne broncha pas, ne desserra pas les
dents, resta là, debout, à regarder la fenêtre
ouverte, le feuillage bruissant des arbres, les
bateaux qui glissaient sur la Seine et les passants

qui gravitaient comme des fourmis sur le pont Saint-Michel.

— Je n'ai pas encore de détails... Vous croyez que...?

— Je crois quoi? questionna Maigret, soudain agressif.

Et Lucas, battant en retraite :

— Je me demandais...

Il referma vivement la porte et ce ne fut qu'une heure plus tard qu'on vit surgir un Maigret détendu, préoccupé en apparence des affaires courantes.

Noland, le 19 juin 1962.

FIN

OUVRAGES DE GEORGES SIMENON

AUX PRESSES DE LA CITÉ (suite)

« TRIO »

I. — La neige était sale – Le destin des Malou – Au bout du rouleau

II. — Trois chambres à Manhattan – Lettre à mon juge – Tante Jeanne

III. — Une vie comme ´euve – Le temps d'A-

naïs – La fuite de Monsieur Monde

IV. — Un nouveau dans la ville – Le passager clandestin – La fenêtre des Rouet

V. — Pedigree

VI. — Marie qui louche – Les fantômes du cha-

pelier – Les 4 jours du pauvre homme

VII. — Les frères Rico – La jument perdue – Le fond de la bouteille

VIII. — L'enterrement de M. Bouvet – Le grand Bob – Antoine et Julie

AUX ÉDITIONS FAYARD

Monsieur Gallet, décédé
Le pendu de Saint-Pholien
Le charretier de la Providence
Le chien jaune
Pietr-le-Letton
La nuit du carrefour
Un crime en Hollande
Au rendez-vous des Terre-Neuvas
La tête d'un homme

La danseuse du gai moulin
Le relais d'Alsace
La guinguette à deux sous
L'ombre chinoise
Chez les Flamands
L'affaire Saint-Fiacre
Maigret
Le fou de Bergerac
Le port des brumes
Le passager du « Polarlys »

Liberty Bar
Les 13 coupables
Les 13 énigmes
Les 13 mystères
Les fiançailles de M. Hire
Le coup de lune
La maison du canal
L'écluse n° 1
Les gens d'en face
L'âne rouge
Le haut mal
L'homme de Londres

A LA N. R. F.

Les Pitard
L'homme qui regardait passer les trains
Le bourgmestre de Furnes
Le petit docteur

Maigret revient
La vérité sur Bébé Donge
Les dossiers de l'Agence O
Le bateau d'Émile
Signé Picpus

Les nouvelles enquêtes de Maigret
Les sept minutes
Le cercle des Mahé
Le bilan Malétras

ÉDITION COLLECTIVE SOUS COUVERTURE VERTE

I. — La veuve Couderc – Les demoiselles de Concarneau – Le coup de vague – Le fils Cardinaud

II. — L'Outlaw – Cour d'assises – Il pleut, bergère... – Bergelon

III. — Les clients d'Avrenos – Quartier nègre – 45° à l'ombre

IV. — Le voyageur de la Toussaint – L'assassin – Malempin

V. — Long cours – L'évadé

VI. — Chez Krull – Le suspect – Faubourg

VII. — L'aîné des Ferchaux – Les trois crimes de mes amis

VIII. — Le blanc à lunette – La maison des sept jeunes filles – Oncle Charles s'est enfermé

IX. — Ceux de la soif – Le cheval blanc – Les inconnus dans la maison

X. — Les noces de Poi-

tiers – Le rapport du gendarme G. 7

XI. — Chemin sans issue – Les rescapés du « Télémaque » – Touristes de bananes

XII. — Les sœurs Lacroix – La mauvaise étoile – Les suicidés

XIII. — Le locataire – Monsieur La Souris – La Marie du Port

XIV. — Le testament Donadieu – Le châle de Marie Dudon – Le clan des Ostendais

SÉRIE POURPRE

Le voyageur de la Toussaint   La maison du Canal   La Marie du Port

ACHEVÉ D'IMPRIMER
10 FÉVRIER 1977 SUR LES
PRESSES DE L'IMPRIMERIE
BUSSIÈRE, SAINT-AMAND (CHER)

— Nº d'édit. 2960. — Nº d'imp. 1837. —
Dépôt légal : 3ᵉ trimestre 1971.
Imprimé en France